天と地の守り人

天地守护者

一

U0526469

守护者系列

[日] 上桥菜穗子　著　　林涛　译

SPM 南方传媒 | 新世纪出版社
· 广州 ·

主要人物介绍

巴尔萨

女保镖，擅使长枪。

唐达

巴尔萨的发小，草药师，见习咒术师。

特洛盖伊

相传当今天下第一的咒术师，唐达的师父。

查格姆

新约格王国太子。

其他人物介绍

* 新约格王国

国王：查格姆的父亲。

圣导师：辅佐国王之人，掌握新约格王国朝政。

修加：观星博士，见习圣导师。

拉多：陆军大将军，三王妃的父亲。

晋（阿姆斯朗）：国王的密探。

玛莎·萨玛多：四路镇萨玛多服装店的女老板。

哥查：被抓去当民兵的少年。

* 罗塔王国

约萨穆：罗塔国王。

伊翰：约萨穆的弟弟。

斯安：罗塔王国南部的大领主。

奥冈：斯安的长子。

由拉莉：奥冈的女儿。

阿思拉：塔鲁人，曾受助于巴尔萨和唐达。

齐基萨：阿思拉的哥哥。

斯发鲁：罗塔王国的咒术师，卡夏鲁的头领。

西哈娜：卡夏鲁，斯发鲁的女儿。

阿哈尔：卡夏鲁。

* 达鲁修帝国

达鲁修皇帝：为帝国开疆拓土的一代枭雄，现卧病在床。

哈扎鲁：皇帝长子。

拉乌鲁：皇帝次子。

阿拉尤坦·休戈：拉乌鲁王子的密探。

索多库：与休戈一同行动的约格咒术师。

你是否为我选择了这条路而叹息，叹息我以孩子般的心去追逐那无法实现的梦想？是的，修加，我的确选择了通常成人不会选择的这条路。

在南边大陆，我见识了许多事情。达鲁修果然是一个大国，它的繁荣简直无法用语言来描述。跟它相比，新约格就好像是只蝼蚁。即便我们以举国之力抗争，在他们眼里也不过如同蝼蚁挥舞细小的刀剑一样。

修加，我或许真的很愚笨。我不知我所选择的这条路会不会令很多百姓白白丧命，对此，我深感恐惧。

拉乌鲁王子——那个傲慢的达鲁修帝国二王子劝我返回新约格，让新约格选择屈服于达鲁修，成为他们的属国。这样的话，或许可以减少伤亡人数。其实，只要能让百姓安居乐业，谁来治理国家都行。倘若我真的相信成为他们的属国，百姓就能获得幸福，那么我愿意抛弃矜持，听从拉乌鲁王子的意见。

可是，修加，我清楚变成属国以后，新约格的百姓将会陷入怎样的黑暗。

如果变成了达鲁修的属国，新约格的百姓就会被征为士兵，成为攻打罗塔王国和坎巴王国的工具。他们将被迫去屠杀友邦的人民，沦为维护达鲁修帝国利益的工具。屠杀朋友，或被朋友屠杀，最终成为罗塔王国和坎巴王国的百姓永远怨憎的对象。

我不愿意给百姓这样的未来。尽管我生来就不被期望继承王位，也从来没有想要成为国王，但是，我却不得不站在一国之君的位置上。为了百姓的幸福，我必须尽我所能做出最好的抉择。

修加，尽管希望渺茫，但我相信它依然存在，因为达鲁修帝国有它自身的弱点：大王子哈扎鲁千方百计地想要除掉掌握着攻打北边大陆权力的拉乌鲁王子。为此，哈扎鲁王子甚至想要暗杀我。即便是大国，只要它内部存在分歧，就总会有攻破的办法。

罗塔王是一位英明的君主，我赌他对未来有着和我一样的梦想。我看到了道路前方闪烁的光芒，尽管微弱，但毋庸置疑有一束光……

——摘自查格姆写给修加的信

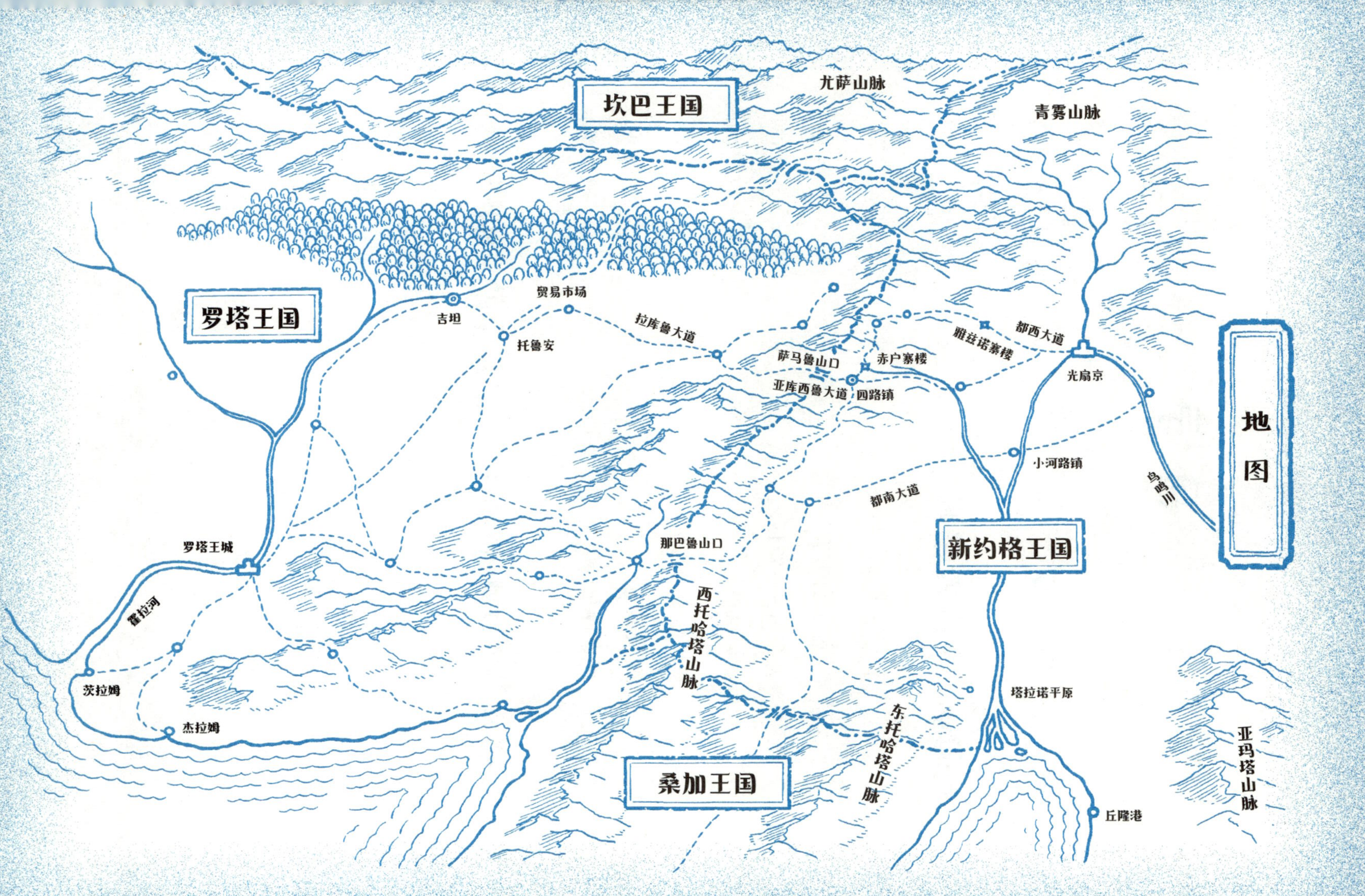
地图
坎巴王国
尤萨山脉
青雾山脉
罗塔王国
吉坦
贸易市场
托鲁安
拉库鲁大道
萨马鲁山口
赤户寨楼
雅兹诺寨楼
都西大道
光扇京
亚库西鲁大道
四路镇
小河路镇
乌鸣川
都南大道
新约格王国
那巴鲁山口
罗塔王城
霍拉河
茨拉姆
杰拉姆
西托哈塔山脉
东托哈塔山脉
桑加王国
塔拉诺平原
丘隆港
亚玛塔山脉

目录

序章

光之河

霎时，他们闻到了一股与火把燃烧的气味不同的、臭气熏天的水腥味。在老人和孙子的视线里，他们此刻正被光带包围。

黑暗之中，火忽然燃起。

熊熊燃烧的火把映照在河里，渔船的轮廓渐渐显现出来。

“喂——来了，来了！”

老人背着孙子，站在河边的草丛中，声音中透露出喜悦。为了好好欣赏传承自己手艺的儿子们首次独立夜渔，他特意吹灭了手烛，在黑暗中静静地等待着。

“他们是要把鱼烤了吗？”背后传来了孙子惊讶的声音。

“不，不，不是烤鱼，只是吓吓它们。让那些打瞌睡的、迷迷糊糊的鱼受到惊吓，然后把它们赶进网里……哎呀，这些笨蛋，怎么能发出声音！鱼都要往那边逃了……”

后半截的话变成了老人对慢腾腾挥舞火把的儿子们的抱怨。接着，老人踮起脚寻找小船。

“爷爷……”背上的孙子小声地说，“那边也有火光呀！”

老人猛地将目光从儿子的船上移开，环视着河流：“哪里？”

今夜点火捕鱼是他们家的特权。点火夜渔，是一家一家轮流的。老人看着河面，想着：难道是村里有谁违反了规定，偷偷在夜里点火捕鱼吗？

“不是这边，是那边。”

孙子从厚厚的羊毛披肩下伸出手，他指向的并不是河面，而是芦苇丛。老人将视线转移到那里，不禁皱起了眉头——的确有暗弱的红光。

难道是火？

闪烁不定、跳跃着的光突然间分成两簇，紧接着变成三簇、四簇……眼见着在不断增加。老人开始感到毛骨悚然。

刚刚还在分散的光，又聚在了一起，形成了蚊群般的旋涡，从芦苇丛向漆黑的天空升起。嘶鸣声如蚊虫振翅，搅得空气也微微震颤。无数的光缓缓往北边折去。在老人和孙子呆呆的默默观望中，光带开始朝北边的低空蔓延开来。

光运动着，一会儿散开一会儿聚拢，好像一片在看不见的大河里游动着的鱼群。当意识到光带飞向的地方还有船时，老人突然清醒过来，大声喊道：“喂——快逃！有奇怪的光往你们那儿去了！”

这时儿子们正挥舞着火把，喊着捕鱼的号子。老人的声音被响亮的哟嗬哟嗬声盖了过去。

老人把孙子从背上放了下来，拾起河滩上的石头，一块一块地掷向儿子们的船。好在渔人老练，掷出的石头精准地落在船舷边的河面上。扔了几块石头后，终于，其中一个儿子注意到了，透过黑暗往这边看来。

“快跑！奇怪的光过来了……”

然而，当老人的声音传到那边的时候，光已经到达儿子们的身边。儿子们诧异地抬起头。霎时，他们闻到了一股与火把燃烧的气味不同的、臭气熏天的水腥味。在老人和孙子的视线里，他们此刻正被光带包围。可是儿子们却看不到光，只有一种微妙的被暖风吹拂的感觉。

老人此刻甚至都忘记了呼吸，这是多么可怕的场景啊！光穿透了儿子们的身体和船，而他们只是满脸不可思议地望着老人这边。光带不久就越过了他们，朝着这边袭来。

老人一只手紧紧地抱着孙子，开始朝着反方向逃跑。逃出一段距离后回头看，光已经合流了。当光带的前端到达森林时，突然发出呼啦呼啦的激烈的振翅声。

不应在夜里飞舞的小鸟，发了狂似的从森林里飞出来，像捕捉跃出河面的小鱼一样袭击光。光也像受到攻击的鱼群一般，哗地散开，流入森林之中。

不久，那些光又迅捷地形成旋涡，钻入前方不远处塌陷的地下，消失不见了。

老人抱着孙子，浑身颤抖地站在原地，直到小鸟渐渐地安静下来。

夏天的烈日火辣辣地炙烤着人的颈背。

塌方之后，斜坡上的草木被连根拔起，唐达望了望这幕景象，又回过头去看一旁呆立着的老人。老人穿着及膝的筒裤裙，在这个季节依然戴着用稻草编成的小斗笠。他是这一带渔夫中的头面人物。

“你说有奇怪的光飞来飞去，是在这附近吗？”

听见唐达问话，老人点点头，手从河流的方向一直指到塌方处后边。

“从那边，一直到这儿，看起来就像鱼群。刚觉着光流走了，不承想，林子里飞出来一群鸟吃掉了那些光。”

老人一边说着一边搓起露着的半截胳膊。

“唉，真瘆得慌啊。就好像是鱼群顺着看不见的河流游到这里，鸟群扎入河里捕食这些鱼一样。”

“原来如此……”

唐达小声嘟囔着，闭上了眼睛。

唐达口中念着咒文，让思绪就像在研磨器里慢慢下降的药材一般凝聚于一处。

不久，纳由古开始隐隐约约浮现在眼前。

唐达呆呆地凝视着那边的风景，不由自主一步一步地向着隐约与萨古这边的塌方重叠的部分前进，双手像游泳一样划动起来。

唐达睁开眼睛，呼地长长吐了一口气，额头上满是汗水。

唐达陷入了沉思，不久他抬起头，向蹲在塌方上方斜坡处的人影喊道：“师父！”

就在人影抬起头的时候，塌方表层的土块又开始噼里啪啦地往下掉。人影像猴子一样顺着滑落的土块灵巧地下滑，最后抓住唐达伸出的右手停了下来。

这是一个十分丑陋的老太婆，皮肤黝黑，皱纹如同蜘蛛网一般爬在脸上。可这个老太婆正是当今最厉害的咒术师特洛盖伊。

“师父，你在干什么呀？这多危险！”

唐达话音未落，特洛盖伊就啪的一下打在了徒弟的手腕上。

“还不是因为你发出那么大的声音，傻徒弟！”

特洛盖伊一边摩挲自己的脚，一边抬起头对唐达说：“脚痛，背我回去。”

唐达挑了一下眉毛，叹气问道：“那……你觉察到了什么吗？”

特洛盖伊哼了哼：“你怎么看？先说来听听。”

唐达恢复了一本正经的神色：“这附近比其他地方要热得多，就像是泡在温泉里。我刚刚窥视了一下纳由古……”唐达擦了擦汗，继续讲道，“我刚才窥探的时候发现，原来这里以前是一个很深的峡谷，现在却变成了大河。而且大河里有的水流段的水温比其他地方的高，恰好水温就是在这附近发生了变化。”唐达的手在塌方的地方晃了晃。

特洛盖伊点了点头，回头看着渔夫说：“你们不用太担心看到的光。在纳由古河里游动的鱼群中，有些家伙背鳍发出的光偶尔可以被我们看到。至于为什么就不知道了。要不是背鳍发光，它们也不会被这边的鸟吃掉。”

唐达摸了摸下巴：“萨古的鸟吃了纳由古的鱼这件事情，还真是令人费解。究竟是怎么回事？”

特洛盖伊打断了正在说话的唐达：“这种咒术问题以后再说，现在有更值得注意的事情。”

特洛盖伊松开右手，将手里握着的东西给渔夫看：“你认识这个

虫子吗？”

这是一只同特洛盖伊的拇指一般大小的甲虫，通身黑亮，嘴巴如同一把大剪刀。虫子身上沾满了泥土，正慢慢地活动着它的“大剪刀”。

“啊，这家伙是蛸，又叫断根虫。这个小坏蛋会把树根啃得乱七八糟。对了，最近经常见到这家伙，平常到了秋天是很难看到它们的呀。”

“这么说这是在夏天活动的虫子？”

“这个嘛，我也不太清楚。不过以前倒是听采香木的老头说过，夏天天一热蛸就繁殖得快，真是麻烦。”接着，渔夫继续说道，“我有时候也捕鸟，有一种叫欧修罗的鸟非常喜欢这家伙的幼虫。欧修罗是候鸟，在冬春之际来到这一带，常常在溪谷沿岸的林子里翻找蛸的幼虫吃。”

说完了这些，他又想起了什么似的，补充道：“说起来，今年春天都没见到欧修罗的影子呢。是不是因为太热了？”

特洛盖伊注视着蛸活动着的“大剪刀”，皱起了眉头：“塌方的那个地方，密密麻麻的都是这个。”

唐达好像突然明白了什么似的看向特洛盖伊：“塌方是不是就是因为这个……”

特洛盖伊歪着头，说道：“一方面是因为今年暴风雨拉卡拉卢特别多，风呀雨呀动摇了这附近斜坡的地基，另一方面这些家伙又把草木的根啃得乱七八糟的，树就容易倒。”特洛盖伊低头沉思了一会儿，抬起头看着渔夫，“刚才也说过了，你担心的光不是什么干坏事的恶灵，你就放心吧。”

渔夫的表情变得放松起来：“真的吗？那我就安心了。”

说着，渔夫便取下挂在腰间的鱼干递给特洛盖伊：“抱歉，不是什么好东西，只是我的一点儿心意，还请您收下。”

特洛盖伊只收了三尾鱼干，把剩下的四尾还给了渔夫。特洛盖伊对一脸不解的渔夫说道：“哎呀，我也有一事相求，三尾就够了。”

“请求？什么请求呀？”

“你是这一带渔夫中的头儿吧。能不能出个告示，帮忙问问有没有其他人看到过这光，如果有人看到了的话，弄清楚是在什么时候、在哪个河段看到的。”

渔夫点了点头：“这个嘛，简单得很。我马上就出告示。”

和渔夫分别之后，唐达一边朝家走着，一边问特洛盖伊：“师父，你担心的是塌方吗？”

特洛盖伊抬起头看着唐达：“你怎么想？”

唐达边思考边回答道：“纳由古到了春天，那边的河水就涨了起来，这甚至波及了以前从来没有被纳由古的水浸泡的高地。麻烦的是，受到纳由古春天的影响，这边的气温莫名地升高了，原本来此越冬的候鸟改变了越冬地点。这样一来，没有被吃掉的蝤的幼虫春天大多就变成了成虫……”

特洛盖伊点了点头：“这样的事情要是到处发生的话，可能就难办了。”

唐达看着师父的脸：“我们是否应该通知村长，让他们加固沿河一带的地基……”

说到一半，唐达摇了摇头：“不，不行。最近，村长因为民兵的事情已经焦头烂额了。”

一年半前，达鲁修和桑加王国开始联手。新约格王国的村子里贴出征兵告示，说是要征召十名十五到五十岁的男子充当工兵。这十名男子被派去修筑保卫京城的要塞，至今还没有回来。

前几天村里又来了告示，说是要征召十名十八到四十岁的男子充当民兵。村民们都担心家里身体强壮的劳动力被征走，纷纷猜测谁会被选中，整个村子就像是捅了马蜂窝似的炸窝了。塌方这件事还不清楚是否会再发生，村里想必是不会抽出精力来加固河岸地基的。

“是不是最好告诉修加……”唐达嘟哝道。

对此，特洛盖伊摇了摇头：“修加的处境似乎很艰难，恐怕不能再冒险秘密见面了。”

唐达点了点头。像是感到一阵剧痛袭来，他突然皱起了眉头。此刻，查格姆的事掠过了他的心头。

特洛盖伊一眼瞥见了唐达的表情，吃惊地闭上了嘴，快步走了起来。她没有回头，只顾自己咚咚咚地下山了。

望着特洛盖伊的背影，唐达慢慢地向山下走去。

自从听说了那意想不到的消息，悲伤就在唐达的心底扎下了根。一旦那根神经被触碰，他的心就像被拧紧了似的疼痛难熬。想必师父特洛盖伊也和自己一样吧。打那以后，她再也没有提起过查格姆的事。

心里惦记着查格姆，唐达神思恍惚地走着。来到自家后院附近时，他突然止住了脚步。

好像有人。

一瞬间，唐达想是不是巴尔萨回来了。可当他看见院子里站着的人影时，唐达判断那是一个身材高大的猎人，而且是一个素未谋面的男人。

特洛盖伊发现有来客。她讨厌会客，已悄悄从后门溜进了屋内。男人坐在院子里的石头上，看样子是在等人。

唐达从后山下来，走进院子里时，男人猛地站了起来："您是……唐达先生吧？"

"是的。"

顿时，男人脸上露出了喜悦的神情："太好了。其实，我有要事相求。我必须尽快见到一个叫巴尔萨的人……"

第一章

寻找查格姆

查格姆一定要平安地回来。修加要看一看那双炯炯的明眸，听一听那生气勃勃的声音。

可是，国家的现状又不能要他归来。这个国家正朝着灭亡一路狂奔……

翻越山岭

夕阳照得树梢泛出一抹红晕，脚边的草丛看上去已有些模糊。

巴尔萨一边擦汗，一边探寻着野兽出没的山间小道。

尽管巴尔萨习惯了走山路，总能想办法辨认出路来，但是野草茂密，覆盖了道路，仅凭肉眼分辨还是相当困难的。

今年的秋天来得格外迟。往年这个时候，树木已经开始落叶，今年却依然枝繁叶茂，黄昏令整个山色显得越发阴沉。

后方传来了树枝被折断的声音，还有人发出轻轻的喊叫声。

巴尔萨回头看去，只见商人萨依索滑倒在了草丛里。萨依索的老婆托吉慌忙伸出手去，可因为右手扶着女儿，怎么都够不着丈夫。

巴尔萨沿着山路返回，抓住萨依索的胳膊，把他拽了起来。

“啊，太感谢了。不好意思，脚滑了一下。”

有些微胖的萨依索此时已是汗流浃背。他晃晃悠悠地把背包往背上背了背，开始呼呼地喘起了粗气。

“都看不清楚哪里是路了。今天我们就在这附近……”

巴尔萨打断了萨依索，让他安静：“说话小声一点儿。听到什么了吧？”

萨依索露出了害怕的神情：“听到了，什么呀？”

“河流的声音。”

萨依索、他身边的托吉，还有他们的女儿都静静地竖起了耳朵。

“嗯……”

看见他们点头，巴尔萨小声说道：“下了这个斜坡就到河滩了。那里视野非常好，要是有放哨的士兵，肯定就在那里。我想咱们尽量趁着黄昏突破防线。”

萨依索的眼神动摇了：“等天再黑一些不是更好吗？等天全黑了，他们就看不见我们了。”

巴尔萨摇了摇头：“等天完全黑下来，你们也走不了了。”

萨依索不说话了，一副怅然若失的样子，只有六岁的女儿还在一旁扭来扭去地晃动着身体。

巴尔萨冲一脸紧张地看着自己的小女孩笑了笑，说：“拉伊，就差一点点了，要加油哇。后天就能到家了。”

小女孩使劲儿点了点头。

巴尔萨看着萨依索和托吉，平静地说道：“现在要做的就是集中精力，别让自己滑倒。慢一点儿没关系，尽量不要发出声响。如果宿营地就在附近的话，说不定会有士兵巡视。”

看到两个人点头，巴尔萨又回过头开始探寻下山的路。巴尔萨边走边用脚把草踩向两边，以便萨依索一家能够沿路跟上。

不久，巴尔萨听到背后传来萨依索嘟嘟囔囔的声音：“凭啥非得受这份罪？我们究竟做错了什么？明明是回家，却像做贼一样，还得躲着士兵，冒着生命危险翻越山岭……”

自翻山开始，萨依索嘴里就一直嘟嘟囔囔地重复着这些话。想到他发发牢骚也许能够减轻路途的艰辛，巴尔萨一直忍着没说什么，但现在不能不管了。

巴尔萨回过头，朝萨依索挥挥手后，将手指摁在了嘴上。萨依索皱起了眉头，露出“明白了、明白了”的表情。

大家又开始走了起来，巴尔萨注视着黑暗中前方的路。

巴尔萨非常理解萨依索的心情。

大约在一年前，新约格王国突然发布了一则残酷的通告——立即实施锁国政策，理由是防止王国受到敌人的骚扰。

自从达鲁修帝国使者来访以后，新约格王国就好像变成了一头竖着毛刺、蜷起身子寻求自保的豪猪。

新约格王国不仅封锁了与桑加王国之间的边境，还封锁了和罗塔王国以及坎巴王国之间的边境。试图出入边境的人都将被视作达鲁修帝国的密探处以刑罚。

可怜的是那些去罗塔、坎巴的新约格商人和那些来新约格做买卖的罗塔人，还有来新约格打工的坎巴人。他们回乡的路突然被封锁，没地方讲理，只能漂泊异乡。

锁国的条令刚刚开始实施时，巴尔萨在新约格碰巧遇到了一位熟识的走投无路的罗塔商人，她帮助这个商人偷偷地翻过山岭回到了故乡。自此以后，巴尔萨又接了好几次类似的活儿。

萨依索也是听其他人介绍后来拜托巴尔萨的。

巴尔萨知道几条不经过山中正式关卡、人能够勉强行走的兽道。但是萨依索拖家带口，不能带他们走太危险的路。

翻越山岭的路程十分艰险。尽管如此，还是有许多人和萨依索一样，宁愿冒着生命危险也要回到故乡。

萨依索和妻子是把四岁的小女儿和年迈的双亲留在家乡来到罗塔的，所以即便冒着生命危险，他们也要回到新约格。他们是托了关系才找到巴尔萨帮忙的。

新约格王国的军队神经绷得紧紧的，凡是听说可能会有人偷渡的地方，哪怕是这样的荒郊野岭也安排了士兵把守。

如此一来，巴尔萨的工作就不仅仅是简单的带路了。

就权当是换换心情吧……巴尔萨一边轻轻地迈着脚步一边想。

现在有事情做还好，倘若什么都不做，就会想到查格姆。巴尔萨在罗塔听到了让她心如刀绞的消息。从那时起，不论做什么，那些话都沉沉地压在她的心上。

巴尔萨轻轻地摇了摇头，想要驱走纷乱的思绪，因为现在必须集中精力翻越山岭。

潺潺的流水声越来越大了。

巴尔萨闻到一股烟味，皱起了眉头。

回过头，她用手势暗示萨依索他们原地蹲下，自己则将手里的长枪靠在树上，迅捷地沿兽道向山下奔去，就像狐狸跑起来一般无声无息。

巴尔萨嗖嗖地穿过伸向道路中间的树枝，身影变得越来越小。萨依索和托吉只是目瞪口呆地远远望着。

“她的身体怎么这么灵活……”萨依索不禁感慨。

当听说有一个精明能干的保镖能帮助自己翻越山岭的时候，他原本以为会是一个身材粗壮的中年武士，可当在商人旅馆亲眼见到这位保镖时，萨依索惊呆了。

原来巴尔萨是一个三十多岁的女人，一头干净的黑发扎在脑后，皮肤晒得黝黑。作为女人来说，她的个子还算高，但身材并不壮硕。只是她身旁的一柄长枪，被使得发出黑檀一般的亮光。

尽管他对把自己和家人的性命托付给这样的女人有几分不安，但看到那些耀武扬威地在商人旅馆出入的保镖都对巴尔萨毕恭毕敬时，萨依索对传言有些相信了。

“萨依索……”

听到有人叫自己的名字，萨依索吓了一跳。他正在想事情，丝毫没有察觉到巴尔萨已经回来了。

在这个空当，拉伊靠在母亲怀里睡着了。她原本均匀地呼吸着，这时，突然打了一个哆嗦醒了过来。

暮色渐渐笼罩了山岭，即使近在眼前，巴尔萨的脸也变得模糊不清了。

“果然有看守的士兵在。”

萨依索和托吉的表情一下子变得僵硬起来。

“好在只有三个士兵。从野营帐篷的大小来看，应该没有其他人了。三个人，总有办法对付的。不过，假如其中有厉害的，突破时就很难保证我们大家都毫发无伤了。”说完，巴尔萨紧盯着萨依索和托吉，问，“打算怎么办？继续前进还是返回？”

是冒着生命危险回到那个不知何时就会被达鲁修军队攻打的故乡，还是就此返回罗塔，在那里生活，直到战争结束？

这时，妻子托吉开了口：“继续前进。”

想到小女儿和年迈的双亲，萨依索也点了点头：“嗯，是的，我们必须回老家去！”

说完，萨依索突然伸出手，握住了巴尔萨的胳膊：“如果我们出了什么意外，一定要把这个孩子带回我们的老家。拜托了！”

巴尔萨握住萨依索颤抖的双手，答道：“一定。”

松开萨依索的手，巴尔萨再次对两人嘱咐道：“现在开始跟在我后面去河滩。要慢慢地，静静地，胸贴着背那样紧紧地跟在我后面。你们要去的河滩离士兵的营地很远。河滩上有大树，你们就躲在那里。”

看到两人点头，巴尔萨继续说道：“我背着她过河，你们紧紧抓住绳子。我争取把士兵引开，你们趁机渡河。河水不深，但水流急，如果在河里滑倒可是要命的。”

接着，巴尔萨又小声嘱咐道：“相信我，不要慌张，心里只需想着过河的事。过河之后，你们就钻进林子里等我。”

两人深深地点了点头。

巴尔萨站起来，说：“好，出发吧！”

篝火的火焰跳动着。

一个士兵一边把刚钓上来的鱼穿成串放在火上烤着，一边环顾着周围。暮色中，树木和天穹已混为一色，在两岸河滩和山道交会处站岗的士兵也化作了两团模糊的影子。

还有两天就换岗了。想着一直以来的艰辛，士兵将手伸向了鱼串。可就在此刻，士兵突然抬起头——他听到了孩子的哭声。一瞬间他感觉像是听到了妖魔的声音，浑身起了一层鸡皮疙瘩，但他马上反应过来，那可能是侵犯国境的人。士兵想要站起身来。

刚直起腰，嗖的一声，士兵背上受到了强烈的一击。他叫唤了一声，向前打了个趔趄。士兵的右肩被石块击中，并没有骨折，但可能破了一个大口子，他感觉右肩发麻，拾不起枪。

士兵扭过身子回头望去，只见一个身影正猛扑向自己的同伴。影子似乎与同伴纠缠到了一起，但很快，其中一方双膝跪地向前倒下了。

站着的身影并不是同伴的。

士兵用手按着右肩站了起来，咬着牙朝影子的方向跑了过去。

当看到对岸的同伴哗啦哗啦蹚着水向自己这边折返时，士兵紧绷的心终于轻松了一些。

他想，这下就算那坏蛋过来也没问题了。

同伴是“鹭流”刀术的高手，只见银色的刀光在傍晚的黑暗中时隐时现。

不久，只见影子和同伴对峙着，士兵于是停下脚步。贸然出手，可能反而会帮倒忙。

同伴对面的身影出人意料地矮小，手里好像握着一柄长枪。

就在枪舞动的一瞬间，伴随着一声刺耳的呐喊，同伴的刀划过空中碰到了枪，但旋即被枪打落在地。

唰的一声，就好像与刀交锋似的，枪擦地而起。同伴想弯腰拾刀，但几乎就在同时，他拾刀的胳膊被顺势而起的枪挑中，刀被挑飞到河滩的石头上，迸出了火花。

腰被如鞭子般富有弹性的枪击打之后，同伴的身体向前蜷缩了起来。明明是打在了铠甲上，但同伴却发出倒吸一口凉气似的呻吟声，瘫倒在河滩上。

打斗的声音一结束，上游清晰地传来渡河的声音，还有孩子的哭声。

士兵继续按压着右肩，浑身颤抖。影子正朝自己这边跑来。

就在凭着火光似乎看清了影子的刹那，胸口处一阵剧痛袭来，士兵已经喘不上气来了。

他就这样不明不白地倒在了河滩上。

巴尔萨在这个少年士兵身旁蹲下。她托住他的下巴，掰开他的嘴，先是拉出卷向喉咙里的舌头，然后调整了他下巴的位置，并让他保持平躺的姿势，以免因呼吸不畅而死亡。一切收拾妥当后，巴尔萨匆匆地向上游返去。

拉伊是一个性格坚忍的孩子，一路上都没有抱怨过。可是，当巴尔萨背着她过了河，把她一个人留在树下后，她开始感到害怕。

看着巴尔萨在树干上绑绳索，返回到对岸，拉伊一直忍着。当巴尔萨的身影再也看不见时，拉伊终于喊着“妈妈”哭了出来。

多亏如此，因为隐约可以看到在树下等着他们的女儿的轮廓，萨依索和托吉才顾不上害怕，一心想着快点儿到女儿那里去。

2

来自晋的信

那一夜，他们就露宿在一块大岩石下面。

生火很危险，但巴尔萨还是冒着风险生了一小会儿火，给萨依索他们做了一点儿熟食。神经紧张容易使肚子闹毛病，而失去体力就没办法翻越山岭了。

吃了热乎乎的加了蜜的麦粥，萨依索一家放松下来，很快就都睡着了。

一灭了火，深山里黑黢黢的夜色就紧紧地包裹住他们。

树梢上有点点星光闪烁。巴尔萨倚靠着岩石，静静地凝视着星光。

查格姆死了。

在罗塔的酒馆里，做情报生意的商人是这样告诉她的："据说新约格国王为太子举办了盛大的葬礼，葬礼之后还宣告要择日举行仪式，尊崇查格姆太子为神。说是他为了解除来自大海对岸的危难，自沉海底，变成了故国的守护神。"

情报商人哼哼一笑，还说道："你知道吗？今年一直反常，暴风雨相当多。四处的传闻都说天灾是查格姆的死引起的，因为他是不得善终，所以灵魂作祟。还有传闻说，查格姆太子被桑加抓了又获释，令人费解，说不定被迫私底下和桑加做了什么交易，无颜回故乡，这才跳海自尽。国王搞仪式呢，恐怕是想平息这些传闻。"

当时，巴尔萨没有说话，只是默默地听着。

那孩子，是不会自己跳海的。

此刻，巴尔萨的眼前浮现出年幼时的查格姆凝望着燃烧的宫殿、用拳头胡乱抹着眼泪的情景。这孩子十一岁时就有面对苦难的勇气，无论面临怎样的境况，他都绝不会以死来逃避。

难道是被杀了？

表面是投海自尽，其实是被暗杀了？

抑或真的是跳海自尽了？

有着道德洁癖且责任感极强的少年，如果被逼要做出卖子民命运的黑暗交易的话，他也有可能选择死亡，以示拒绝。

无论是哪一种，都是残酷的死亡呀！

巴尔萨闭上了眼睛。

查格姆已经不在这个世上了……想着一个生气勃勃的少年竟然就

这样断送了性命，巴尔萨肝肠寸断。

早知会有这样一天，当初就不该让他回宫……

远远地传来了树枝被踩踏的声音。

巴尔萨霍地睁开眼睛，手握长枪站了起来。

有人正朝这边走来，可以看到小小的亮光。

巴尔萨一下子将长枪指向了声音传来的方向，光亮恰好停在长枪无法触及的地方。

黑暗中，一个压低了嗓门儿的声音传了过来：“抱歉，让你受惊了。我不是什么怪人，就是一个捕鹿的。我的盐用完了，闻到了烟味，想着大概有人在，便过来看看……我可以过来吗？”

托吉吓了一跳，睁开眼睛立马坐了起来。

巴尔萨弯下腰，在托吉耳边小声嘱咐道：“你去把萨依索悄悄叫起来，做好随时逃跑的准备。他说自己是捕鹿的，盐用完了，我觉得有些蹊跷。只要听到我喊‘快跑’，你们就绕到岩石后面躲起来。明白了吗？”

托吉点点头。

巴尔萨站起来，朝着有亮光的方向说道：“如果要的盐不多，可以分你一点儿。我过去，你站在原地不要动。”

巴尔萨轻巧地走了过去。

巴尔萨晚上视力很好，稍稍靠近就看得明明白白。手里拎着旅行灯的这个男人果然一身猎人装束。

但是，巴尔萨并不认为他是猎人。一来他说话不是这一带猎人的腔调，二来猎人用完了盐是不会日落后还在山里瞎转悠的。

当右手握着长枪的巴尔萨的身影出现在亮光下时，男人“啊”地倒抽了一口气，嘴里冒出了一句令人十分意外的话：“你……是巴尔萨？”

巴尔萨皱起眉头，记忆中她并没有见过这个男人。但是，男人脸上浮现出来的兴奋和喜悦之情，怎么看都不像是装出来的。

“是巴尔萨吗？是吧？我一直在找你……”

巴尔萨立即制止道：“嘘，声音太大了。”

猛地，男人压低了声音：“不好意思，刚刚太高兴了。我叫欧鲁，是这样的，我一直在寻找一个叫巴尔萨的坎巴女保镖。我从一个叫唐达的人那里得知你可能会走这条山道，所以在这一带转悠。”

巴尔萨依然皱着眉，小声问：“你找的人好像就是我，但你这么煞费苦心地来找我，究竟有什么事？”

名叫欧鲁的男人也压低了声音，说：“我原本是新约格王国海军的上等海士。”他换了军人的口吻，继续说道，“如果你真的是巴尔萨，我有一样东西要转交给你。但为慎重起见，请允许我确认一下。请问，你带着查格姆太子殿下出行时，替你去买粮食的人叫什么名字？”

巴尔萨想了想，小声回答道：“托亚。”

听到此话，欧鲁一下子放松下来：“啊，天神，实在太感谢您了。”

欧鲁小声说着，从怀里掏出了一封厚厚的信。

“我原本是新约格王国旗舰上的人，很长一段时间都被囚禁在桑加王国，是查格姆太子殿下救了我，让我回到了故乡。当然，这期间还经历了许多事……再后来我得到近卫阿姆斯朗大人的信任，接到了密令，在登陆桑加半岛之前，偷偷离开了船……”

听到查格姆的名字，巴尔萨的心怦怦直跳。阿姆斯朗的确是“猎犬”晋的本名。晋到底想要告诉自己什么呢？

虽然很想尽快得知事情的真相，但巴尔萨还是举起手打断了欧鲁的话：“我想慢慢听你讲，能否稍等一下？请在这里等着，我马上回来。”

说完，巴尔萨跑回萨依索身边，告诉他们不要担心，是熟人的信使来了，要稍微聊一会儿，请他们先睡下。

萨依索他们松了一口气，躺了下来。

回到欧鲁身边，巴尔萨把欧鲁一直拉到萨依索他们听不到的地方。

“谢谢。请接着讲。”

欧鲁点了点头，开始讲了起来。

欧鲁原本是查格姆太子乘坐的从桑加回国的船舰上的船员。船在途中出了意外，而知道事情真相的只有被称为“猎犬”的阿姆斯朗、查格姆太子的近侍林和船员欧鲁三人。

“在桑加，查格姆太子殿下和我们被俘虏的时候，我曾设法带殿下逃跑。正因如此阿姆斯朗大人很信任我，就把真相告诉了我。到了桑加半岛，监视会更严密，所以就在快要到的时候，我带着阿姆斯朗大人托付的信件从船上逃了出来……他嘱托我无论如何也要找到你，把这封信交给你。”

巴尔萨收下了这封因长时间揣在他怀里而变得皱巴巴、微微留着体温的信。

“刚才那样问你话，也是阿姆斯朗大人命我做的。我也问了住在青雾山小屋里那个叫唐达的人。尽管他告诉了我你可能通行的山道，但你一直在行进，想要遇见，还真是跟抓天上的云彩一样难呀……”

巴尔萨一边对说话的欧鲁点头，一边拆开信封。她把欧鲁的旅行灯放到树下，弯下身子尽量不让光外泄，开始借着光读了起来。

晋的文笔很简洁，但为了让巴尔萨了解事态全貌，他在信中写了许多事情，信自然就变长了。

刚读开头，巴尔萨脸上立刻浮现出喜悦的神情……然而，一刹那这喜悦就消失了。巴尔萨的表情变得僵硬起来。

读罢，巴尔萨依然神色紧张地盯着信。她的手里躺着信封里夹带的三枚金币。

欧鲁焦急地小声问道：“事情都知道了吧？”

巴尔萨点了点头。

“那就即刻赶回罗塔，全力以赴吧。”

面对欧鲁的提议，巴尔萨摇了摇头：“我会……回罗塔的。不过我得先把那一家人送到约定的地点。”

一脸胡子的欧鲁气得满脸通红：“什么？你难道要为了这些平民浪费宝贵的时间吗？”

巴尔萨平静地说道："我答应了的工作不能半途而废。"

欧鲁正要咆哮，突然感觉到后颈一阵发凉。不知什么时候，巴尔萨的枪已出了鞘，枪尖正抵着他的脖子。

巴尔萨压低声音："你是想在这安静的山里大声咆哮吗？"

看着巴尔萨的眼睛，欧鲁沉默了。那是一双冰冷如刀刃般的眼睛。

欧鲁声音略显急促，小声说道："我来护送他们。你，去罗塔。"

巴尔萨把枪尖从欧鲁的脖子上移开："嗯……不行。你可能是一个优秀的水手，但是你不会走山路，也不懂得声音是怎样在山里传播的。我不能把这件事情托付给你。"

巴尔萨将信封和金币放入怀中，又将鞘套在了枪尖上。

"我想写封回信，你能帮我把它送到阿姆斯朗大人的手里吗？"

欧鲁用他的大手擦了擦脸上的汗水，有些勉强地点了点头。

"我们有商定好的传送方法，纸我也带了。"

欧鲁从背袋里抽出卷纸和旅途中用的笔袋递给巴尔萨。

巴尔萨一边给晋写回信，一边和内心的焦虑激烈地斗争。虽然嘴上说着不能丢下萨依索他们不管，但她心里恨不得现在就插上翅膀飞回罗塔，赶紧去寻找查格姆。

唉，为什么会这样……

夜里跳入海中，安全地游到岛上了吗？

听说查格姆从桑加国王那里得到一块宝石作为旅费。这要是让桑加人看见了，不就等于明摆着说，你们来抢吧。

不安和焦虑，就这样在巴尔萨的胸口烧灼。

巴尔萨不断地调整呼吸，以免笔尖颤抖。她继续写信。

晋的来信内容时不时闪现在脑海中。

想必找到殿下的可能性很小。

我们能够信赖的朋友太少，而敌人又太多。

无论是达鲁修帝国还是我们国家的人，都不能让他们知道殿下还活着，绝对不能让更多的人知道真相。

巴尔萨，只有你还可以自由行动，如果殿下还平安活着的话，你一定要设法找到他，并好好地保护他……

“平安活着的话……”巴尔萨放下了笔，等墨迹干后将信叠了起来。一定要找出来。就算死了，也要找出来。

巴尔萨站起来，从欧鲁那里接过一粒蜜蜡，在火上烤了烤，使劲儿用拇指按压，将信封好。

“一定要保证万无一失地把信送到。”

欧鲁点点头，随后将信封塞进怀中。抬起头，发现巴尔萨正紧紧地盯着自己，欧鲁挺直了背。

巴尔萨轻轻地说道：“这封信……如果落到阿姆斯朗大人以外的人手里，那可就惹大麻烦了。但是，既然你找到了我，我就和阿姆斯朗大人一样相信你。”

欧鲁的脸唰的一下变得通红。

“我绝不会背信弃义，你也尽全力吧。”

巴尔萨点点头，一直目送着欧鲁离去。

第二天，顺着山路走到溪谷沿岸的山村附近时，天气开始变化。整个天空乌云密布，不但天色暗了下来，风也紧跟着大了起来。

“好像暴风雨又要来了……”萨依索轻声说道。

虽然到他家所在的塔玛庐街还需要一天的时间，但是前面托索卢街的旅馆，便是巴尔萨约定护送的终点。

“这雨如果能坚持一会儿，等我们到了托索卢再下就好了。”

就好像是上天应允了萨依索的请求，果真等到他们走进竹林深处的小旅馆以后，雨才下起来。

随后，风也呼呼地刮了起来。在风雨声中，旅馆主人接待了巴尔萨一行。

“差一点儿就成落汤鸡了！热水已经烧好了，先冲冲澡吧。”

萨依索一家的心终于放下了，他们一脸轻松地坐到了门槛上。

“到了这里就没问题了吧？”巴尔萨问道。

萨依索第一次露出满脸的笑容。他站起来深深地低下头：“没问题，没问题了。实在是太感谢你了。”

说着，萨依索将手伸入怀中，打开荷包慎重地数着钱，将约定好的酬金交给了巴尔萨。稍稍踌躇了一下后，他又拿出五枚铜币想给巴尔萨，巴尔萨阻止了他。

“今后你们还要添置物品，留着慢慢用吧。给事先约定的酬金就好。”

接着，巴尔萨又转过头跟旅馆主人说：“不好意思，能赶紧帮我准备一下晚饭和跟以前一样的旅行用品吗？请再帮忙准备两双走山路的草鞋，还有雨具。我付你现金，请尽量在一小时内帮我准备好这些东西。”

“啊？一小时？巴尔萨，你准备在这样的暴风雨天气出去吗？”

巴尔萨点点头。她在门槛上坐下来，麻利地脱下已经破烂不堪的草鞋，又冲了冲脚，这才进入地板屋里。

“出发前让我洗个热水澡，稍稍休息一下。”

萨依索和托吉面带愁容地望着巴尔萨。风刮得越来越大，四周传来穿梭于竹林中的如同哨声一般的风声，还有竹子互相碰撞发出的声音。

“巴尔萨，不行。你晚上都没有好好睡过觉，旅途又那么艰辛，已经筋疲力尽了，你还要在这样的暴风雨天出去……”

巴尔萨对萨依索微微一笑：“谢谢了。不过没问题的，我已经习惯了。”

巴尔萨微微施礼后朝澡堂走去。萨依索一家只是静静地看着巴尔萨的背影。

皇帝——穹顶

感觉身子被人摇晃，修加猛地睁开眼睛。

噩梦的余波袭上心头，有一刹那，修加不知自己身在何处。注视着寒凉的黑暗之处，他终于意识到自己是在星宫的卧室之中。

修加慌慌张张地坐了起来。床边好像坐着一个人。黎明的青光透过天窗，为卧室染上一层青白色。就在这朦胧的青光之中，一个男人的身影渐渐清晰起来。

男人将手指贴在嘴上：“不要出声，是我。”

修加放松了下来：“是晋呀……不要吓我，我还以为是刺客呢。”修加紧紧地盯着晋，“或者你是趁我睡觉来取我脑袋的？”

晋的脸上浮现出微微的笑容：“要是这样，趁你睡觉时我就送你上西天了。”说完，笑容从晋的脸上消失了，“就算出现刺客的可能性很小，也还是有被毒死的可能。要当心啊。”

修加泛起一丝苦笑：“是呀，我凡事尽量低调，一直老老实实的，可好像还是有人惦记着我呀。”

晋一行人带着查格姆太子去世的消息从桑加一回国，达鲁修帝国的二王子拉乌鲁就派了使者来。

使者是来告知新约格王国，他们必须归顺达鲁修帝国，并成为其附属国。倘若拒绝，新约格王国将被彻底摧毁。答复的最后期限是达鲁修历拉库仑，即盛夏之月的一号。

达鲁修历的拉库仑一号正好是新约格王国国历上的托乌鲁，即雪融之月的十二号。以半年为期限，那时正是拿约洛半岛近海波涛汹涌、军船难以航行的时候。达鲁修帝国军在桑加半岛建立了据点，万一桑加叛变，这样做能预防背后受敌。

达鲁修帝国明显的侵略态度和太子的死这两件大事，将国王和三王子的外祖父——陆军大将军拉多，还有见习圣导师加凯紧密地联系在一起。

国王为查格姆举行了葬礼后，立三王子托格姆为太子。变成了太子外祖父的拉多大将在宫廷内趾高气扬、大摇大摆。

现在，可以说朝廷就是由这三人的秘密会议运作的。虽然形式上的评议会多次举行，但所有决定其实都是在国王、拉多大将还有加凯三人的内部会议中做出的。新约格王国就如一匹感觉到渐渐迫近的威胁而开始朝一个方向狂奔的马，可以悬崖勒马的只有圣导师西比·多逋，但他却在今年春天突然倒下，至今卧床不起，在星宫的深处昏睡。

暂且不论如果查格姆太子还健在的话会如何，他逝去的消息已经让宫中亲近他的派别分崩离析了。

趁势而起的加凯尽管还没有从圣导师那里获得正式的委任，却表现得如同已成为圣导师一般，想方设法排挤同级的见习圣导师修加。而修加并不想成为他的对手。

“我知道低调行事是明智的选择，但是……难道你想就这样一直隐遁下去吗？”

对于晋的话，修加微笑着说道：“正在考虑如何才能不这样下去，幸亏最近有考虑的时间。”说完，修加歪了歪头，“你特地潜入这里，不是为了说这些吧？”

晋顿时一本正经地答道：“当然不是。有一个好消息要告诉你。”

修加脸上露出喜色，问：“使者找到她了吧？”

晋的脸上也浮现出了笑容：“说是被枪尖抵着脖子了。”

修加忍不住笑了出来。

随后，两个人在清晨的微光之中陷入沉思。不久，修加对晋说道：“你的心情很复杂呀。”

晋成功“暗杀”了查格姆太子。

作为回报，国王替换掉体力有些衰退的“猎犬”头领孟，让晋担任了实际的头领。

晋把巴尔萨引到罗塔，让她去救查格姆太子的命。可是，如果巴尔萨成功找到了查格姆太子，太子又平安回国的话，那么他对国王撒谎的事情就必将败露。

晋微微一扬眉，笑着说：“也没有那么复杂。你知道的，达鲁修帝国的近卫兵以斩草除根出名。也就是说，假如达鲁修帝国真的下定决心攻打我们的话，我们横竖也是战死。”

修加目不转睛地盯着晋，暗暗佩服这个男人：虽外表看起来不起眼，却有如此惊人的胆量。

“我的职责，正是不让你们如此轻易地战死。”修加手抚着腮，脱口而出，“达鲁修帝国的内应有眉目了吗？”

晋摇摇头：“可惜呀，还没有找到。”

“得尽快找出来。知道了那人是谁，我们就能够想对策了。”

晋点点头：“一定竭尽全力。”

晋悄悄地离开后，修加一个人凝视着黎明的微光。

查格姆太子把自己得知的达鲁修帝国的内情写下来，留给了修加。读那虽然简略但切中要点的文章时，修加从心底感到惊讶——查格姆太子固然非常聪明，但从文章的风格来看，实在不像是出自一个十六岁年轻人的手笔。

背负着国家命运重任独自在敌国生活的年月，竟然让查格姆太子成长得如此之快。想到这个，修加心头涌起了复杂的思绪。

查格姆一定要平安地回来。修加要看一看那双炯炯的明眸，听一听那生气勃勃的声音。

可是，国家的现状又不能要他归来。这个国家正朝着灭亡一路狂奔……

战场上，新约格王国是绝对战胜不了达鲁修帝国的。

如果正面承受达鲁修帝国的进攻，不仅士兵会白白送命，国土也将在战火中一步步沦陷。

摆脱这一命运的道路只有两条：一条路是向达鲁修帝国投降。与其走到战败而降那一步，不如在战争开始之前投降，这样或许可以通过谈判，争取以较优惠的条件成为附属国。另一条路是……

查格姆太子指明的道路，也就是和罗塔王国、坎巴王国两个邻国结成同盟，以三国之力共同对抗达鲁修帝国。

倘若能够实现，桑加王国是个善于见风使舵的国家，刚开始它肯定会努力在南北两大陆之间取得力量的均衡……

查格姆太子劝说国王应该和罗塔结盟时那黑亮的眼睛和坚定的声音又浮现在修加的心头，他情不自禁地闭上了眼睛。

尽管知道鲁莽，却也看透了除此之外别无选择。选择这条路的查格姆太子英明而有勇气，却得不到回报。这个世界实在太过残酷无情。

如果他继承王位的话，这个国家想必会沿着完全不同的道路前进。

与罗塔结盟，也是完全有可能实现的。

修加用右手按住了太阳穴。

国王是绝对不会向罗塔和坎巴派遣使者请求援兵的。

作为天神授权的国王，是怎么也无法想象要借他国之力来保卫自己国家这种事情的。

特别是罗塔王国，比起新约格王国，它拥有更为灵活的骑兵军团。如果借助他们的力量，即使抵御了达鲁修帝国的侵略，此后在北边大陆形成的国家联盟中，新约格王国也不得不屈居罗塔王国之下。

倘若结局变成那样，新约格王国就再也不能说是受到神明庇佑的神圣国家了。神的子民是无论如何都不能屈居他人之下的……

国王是个机智的人。这种事情，很久之前他就已经看明白了。

国王选择了锁国的道路。他相信天神，倘若天运不济，他准备让这个国家和自己一同灭亡。

这时，修加感觉到按着太阳穴的手指变得冰冷。

要想拯救这个国家和生活在这里的子民，除了把国王的心意从自取灭亡的方向上拉回来之外，别无他法。这也正是最贤明的观星博士——圣导师的职责。但是现在失去了圣导师西比·多適这位贤者的指引，国王的想法就成了压倒性的力量，完全覆盖了这个国家，似乎要将其压垮。

查格姆太子要是活着站在这里的话，可能会有相应的对策。就算查格姆太子绝对不会同意，修加也会果断去做的。

但是……

即便巴尔萨已经在路上了，找到查格姆太子并把他平安带回来也如同做梦一般。不能只做着查格姆太子生还的梦而任凭时间流逝。

太子不在，但是一定要在国王这一笼罩国家的天盖上打开一个通风口。

“成为圣导师，走上的便是一条恐怖、黑暗、满是恶臭的道路……”西比·多適说过的这句话在修加心里回荡。

在梦想着成为观星博士的小时候，修加一直认为观星博士是世上最纯洁的人，解读神在天上描绘的宏伟天理，辅佐天神之子——国王引导世人过上幸福的生活。

神圣的东西……就应该怀着敬意遥遥望着吧。

越是接近，那透明的光芒就越稀薄，然后渐渐看到了不想看到的东西。

修加紧紧盯着那如同水底一般无声的蓝色之夜。

4

赃物商人

黑色的海浪翻滚起伏。

石砌的高塔上，长明灯的光勉勉强强照射着黑色的波浪。巴尔萨靠在港口码头的木桩上，呆呆地望着海面。

巴尔萨不怎么喜欢海。大概是生在多山国家的缘故吧，看到这深不见底又无边无际的大海，不知为何就会变得不安。

查格姆几次跳进过这样黑暗的海里。

被父亲驱逐出宫，被达鲁修的密探掳走带去遥远的南方大陆，最后竟然跳进如此黑暗的大海之中……

从达鲁修手中拯救自己的国家，对于那孩子来说，果真是迫切的事情啊。要不然，他是不会跃入这黑魆魆的大海里的。

为了对抗达鲁修，说服罗塔国王和新约格王国结成同盟这件事，对于查格姆来说如此重要吗？一想到这个，巴尔萨就觉得不可思议。

五年的时光到底让查格姆有了怎样的成长？

“我不想当什么太子，我要一直跟巴尔萨和唐达在一起。”想起这句话，再想到查格姆紧紧抱着自己的场景，巴尔萨不自觉地闭上了眼睛。

从收到晋的信那天算起，马上就要满十五天了。

从和萨依索他们分别的旅馆出发，巴尔萨又越过罗塔山脉跑回罗塔继续南下，在途中的城镇买了马，如同赌博似的朝着港口城市茨拉姆进发。寻找查格姆的线索实在是太少了。

思考寻找查格姆的对策时，最先出现在脑海里的便是查格姆随身携带的桑加国王的赠物。

据帮查格姆打点行装的近侍说，查格姆携带了银币和金币，还有桑加国王赠送的宝石当盘缠。

如果查格姆足够幸运，没有被桑加人洗劫一空的话，大约只要三枚银币就足以到达罗塔。

只是，从船上跳入海中的查格姆想要到达的索古鲁岛离桑加非常近，而且桑加王国和新约格王国要开战的传闻已经传到民众耳中了。想必查格姆到达时，新约格王国的商人们已经不在桑加经商了，查格姆应该会格外引人注目。

穿着新约格王国海军服、一身贵气的查格姆如果拿出银币做船费的话，在桑加的船长眼中，无疑就是特别的猎物。即便看上去是正经的商船，那时也会变成一艘海盗船。让人看到银币，就像是摆明自己是有钱的猎物。

唯一得救的希望就是，桑加人虽然会巧取豪夺，但不会轻易杀人。桑加人的想法是杀了就不再是商品了。

如果查格姆落到桑加海盗的手上，查格姆和他带的宝石应该会作为商品在市场上流通。虽然没办法追踪到钱币的去向，但是有追踪人和宝石的方法。

查格姆既有可能在桑加国内，也有可能被卖到南边。如果在罗塔找不到他的行踪，巴尔萨就准备去桑加的索达尔岛看看。

巴尔萨先来到罗塔，因为她判断，海盗如果看出这宝石和桑加国王有关，考虑到在桑加贩卖非常危险，有可能会带到罗塔。

“猎犬”晋也是这么认为的。所以待他跟近侍确认后，晋便在信里详细描述了查格姆所带宝石的颜色和形状。

在查格姆携带的宝石之中，最引人注目的就是在鱼形金工艺的台座内嵌入一种红炎石塔尔法的头饰，一眼就可以看出是出自桑加工匠的桑加样式金工艺。塔尔法被认为是高贵的宝石，一般由贵族和王族佩戴，所以即使有钱，商人也不会买。这是国王送给太子的礼物。

他们究竟带着“商品”去了罗塔王国的哪个港口呢?

离桑加远的地方好是好，但在小港口，光是“商品”就太过引人注目，恐怕也没有商人会买。能够买下这样宝石的商人，必定跟贵族或者王族有关系。

从这一点来看，茨拉姆无疑有这样的商人。

这个港口城市位于流经王城的大河霍拉河的河口，从王城来的大量商品顺流而下在这里聚集。而海上，经由桑加王国和斯加尔海的卡拉鲁附属国从南方大陆进来的商品也汇集于此。于是茨拉姆便成为罗塔王国最大、最繁华的港口城市。

所有的物品都在这里聚集，然后又分散到王国的各个地方。

这几天，巴尔萨一直在刺探这个港口城市的人贩子和宝石商人的动向。

她不动声色地调查那些贩卖被抢来的人和宝石的商人，还有最近一些关于“商品”的传闻。

由于只在大概十五年前来过这里一次，所以非常可惜，巴尔萨在这里没有熟悉的情报商。不过，从那些做着见不得光的事情的家伙手里得到情报的场所，其实不论在哪个城市都是差不多的。

巴尔萨假装在寻找贩卖赃物的卖家。在请那些形迹可疑的家伙喝酒的同时，巴尔萨听到了如山的废话和极少却十分珍贵的消息。

关于塔尔法头饰的消息出人意料地轻易传入了巴尔萨耳中。卖了这个东西大赚一笔的海盗的弟弟嘴巴不严实，消息正在酒馆里流传。

最初听到这些话时，巴尔萨有那么一刹那不敢相信自己的耳朵。但随后，一股暖流慢慢地涌上来。查格姆果然落入了海盗手里。实实在在地追寻到查格姆的踪迹，这让巴尔萨高兴得浑身直发抖。

但是，接下来的线索并没有那么容易找。当问到卖宝石的那个人是谁时，所有人就都守口如瓶了。

就好像黑道上讲究“仁义”二字，尽管可以拿那些有趣的“生意经”和坏事做下酒菜，但谁要是把那只无形的手掌握的情报泄露出

去，是会被认作无耻叛徒的。

带着塔尔法头饰到这里贩卖的海盗到底是谁？要想搞清楚，就必须对准目标深入调查。可是，在这座城市的黑道中既没有人脉又没有丝毫威望的巴尔萨，没有引出情报的王牌。

看来，要想得到哪怕一丁点儿情报，就只能故弄玄虚，动摇对方的心了。只是做黑市交易的这帮家伙戒备心非常强，搞不好可能会露馅。

就算这样，也只能试试了。

清脆的声音传来，钟开始鸣响。

据说茨拉姆港的钟楼里有使用水力的精巧撞钟机器。和人撞钟发出的声音不同，它的调子和声响都比较尖厉，当、当、当地报时。

就仿佛是被这声音推着，巴尔萨迈开了步子。

想要找的宝石商的店址在白天已经确认了。在这布满宝石饰品商店的大街上，有两家店店面宏伟壮观，面对面开着。其中一家在招牌上写着“太阳石塔坦”，传闻这家店的店主最近入手了极品塔尔法。

巴尔萨没有走进这家店，而是走进了对面支着写有“蓝色月露石拉法露”招牌的宝石商店旁边的小巷里。

小巷一侧的商店墙壁，与面对大道开放的明亮的商店给人的印象完全不同，是结实坚固的石造墙，而且窗户上全都钉上了铁条。

巴尔萨一进到巷子里，狗就立马大声吠起来。巷子暗，看不见狗的样子，想必是被拴在巷子的深处。

巷子一侧的墙壁上有一扇小门，仅到巴尔萨胸口高。巴尔萨凭借在酒吧里听到的贩卖赃物的做法，先是重重地敲了两下门，接着间隔了大约敲三下门的时间再敲。门很厚，敲门的声音听上去十分低沉，巴尔萨甚至感到不安，怀疑里面的人是否能够听见。

等了一会儿，里面似乎有人站了起来，传出了声音："有何贵干？"

"老鼠给猫打招呼来了……"

巴尔萨如此作答，门便从里面开了，光线立刻照到了巷子里。

"进来。不过，要是带了武器的话，杀无赦。"

料到会如此，巴尔萨特意把枪留在旅馆里。她空着手钻进了那扇小门。

进去以后，前方是仅容许一人勉强通过的狭窄通道，想必是为了防范强盗：在这样狭窄的地方，强盗根本跑不了。

开门的男人站在右墙旁的一个低洼处，巴尔萨一进来，他便关上背后的门，上了锁。

唯一的光源来自男人携带的手烛。他面无表情，左手持着手烛照着巴尔萨，右手敏捷地搜查着巴尔萨的身体以确认她没有携带武器。

"好，走吧。"

巴尔萨照着他说的往前走。男人在后面跟着。

路的尽头是一扇大门，门前有一片半圆形的空间。当巴尔萨走近时，门开了，光线流泻出来，从里面走出一个人。

是一个高大的年轻男人。

明明一出门口就发现了巴尔萨，男人却突然嗖地一闪身，避开巴尔萨擦肩而过。

约格人?

巴尔萨一回头，恰遇男人的目光。那是个精悍的男人。一刹那，男人眼里浮现出兴趣浓厚的光，但即刻又转过头背对巴尔萨，消失在狭窄的通道里。

“不要傻站着，赶紧进来！”

屋里传来傲慢的声音。

从黑暗的通道走进屋子里，一瞬间巴尔萨感到有些刺眼。和通道相反，这是个装饰豪华的屋子，有高高的天花板，进深也很大。墙边静悄悄地站着四个一看就是保镖的男人。

擦得锃亮的地板上铺着昂贵的地毯，地毯上有一张大大的黑檀木桌。桌子的对面，坐着一个小个子男人，有五十多岁。

“搞什么，是只母老鼠?坎巴的母老鼠还真是少见呀。”

巴尔萨正想往前靠近一步，站在身后的一个男人就行动了。

啪！剑尖已抵在巴尔萨的背上。男人低声说道：“别再靠近。”

巴尔萨耸了耸肩：“了不起！不这么做，连话都不让说吗?”

小个子男人眯缝起眼睛：“你这女人怎么说话呢?像是个盗贼，说话得给我有点儿分寸。不知道你偷了点儿啥，但要是破坏了老子的心情，老子不仅不拿钱买你的东西，还要把你杀了拿你的东西。”

巴尔萨微笑着说道：“您误会了。我不是来卖东西的，我是来买东西的。”

小个子男人脸上浮现出了惊讶的神色：“说什么?那你是来买什

么的？”

巴尔萨语气平缓地答道：“情报。如果你有我想要的情报，我出高价买。”

小个子男人朝其中一个保镖使了个眼色：“呃，你去外面看着。”

听见男人走到屋外，巴尔萨扬了扬眉毛：“可以……说正事了吧？”

小个子男人看上去表情有些奇怪，他耷拉着脸：“说吧。”

“我想知道对面塔坦宝石商生意上的一些事情。店主欧路希好像很有胆量，有隐情的东西也敢买……”

小个子男人笑了起来：“明白了。你是在哪里听说老子讨厌欧路希才来这里的吧？想挑唆老子说出他的事情？”

笑容突然从小个子男人脸上消失，他愤怒地瞪着巴尔萨：“敢小瞧老子！你以为老子会干这种龌龊事，把别人的家底告诉你这个不知底细的家伙？”

巴尔萨哼笑一声，说道：“说得真动听！你没有欲望？要是不想知道欧路希得到了什么的话，也可以。那就……不打扰了。”

巴尔萨转身背对着小个子男人，朝门走去。

小个子男人对着保镖轻轻仰起下颌。巴尔萨身后和门边的保镖从两侧紧紧地抓住了巴尔萨的胳膊，让巴尔萨面对着小个子男人。

“谁说你可以走了？”小个子男人脸上浮现出淡淡的笑容，“你说欧路希那家伙弄到了什么？”

巴尔萨盯着小个子男人：“现在愿意把我想要的情报卖给我

了吗？”

小个子男人拿短刀柄不断地叩击桌子：“我得先听听你想要知道什么。不然，我哪知道我有没有你想要的答案？”

“你肯定有的。因为你畏畏缩缩没有买，东西才被拿到欧路希那边去了。现在净是这样的传闻。”

小个子男人眼中闪现出一丝愠色：“我警告过你说话要留点儿神。是谁在造谣？”

巴尔萨依然被保镖们抓着胳膊，她答道：“我也正想知道究竟是谁。”

“什么？”

“我想知道，带来塔尔法头饰的桑加人的名字。”

话音未落，整个屋子里的空气都凝固了，沉默在蔓延。

不久，小个子男人嘟哝道：“这……怎么回事？呃……”

小个子男人的眼中一直闪现的轻蔑消失了，随之而起的是戒备。

“为啥约格人和坎巴人都在打探那个宝物的事情？”

巴尔萨猛地一怔，盯着小个子男人：“约格人？刚才那个男人也是来跟你打听塔尔法头饰的吗？”

小个子男人两只手敲打起桌子：“是我在问你话！你这狂妄的女人！要不要给你点儿颜色瞧瞧？先老实给我回答问题。”

两侧抓着巴尔萨手腕的男人开始使劲儿。就在男人们按着巴尔萨想让她下跪的一瞬间，巴尔萨踮起脚抵挡住男人们的力气，随后又猛地抽身缩回身子。眼见着几个男人就这样飞到空中，翻了个跟头又猛栽到地板上，发出沉重的哐哐声。巴尔萨敏捷地将他们低空扔出，没有给其防备的机会。

就在男人们被扔到地板上的时候，巴尔萨一脚踹地，纵身跃起，仅仅三步就到了桌前，第四步已经上了桌。她一个跟头越过小个子男人，从后面搂住他的头，并顺势一脚踢向桌子。

一声巨响，桌子倒在了地上，小个子男人一直摆弄的短刀也随之落在了地毯上。

站在墙边的保镖猛地拔剑，巴尔萨一声怒吼："不许动！"

看到巴尔萨紧紧掐着主人的下巴，保镖不敢动了。如果巴尔萨稍微扭动一下夹着头的手臂，主人就危险了。

"看来不是可以慢慢讨价还价的时候啊！刚才太粗暴了，不太好意思，你还是赶紧说吧。"

巴尔萨在小个子男人耳边轻轻说道："打听塔尔法的人是刚刚那个和我擦肩而过的约格人吗？"

小个子男人微微点了点头。

"他是什么人？"

"不……知道。"

巴尔萨的手臂稍稍使了点儿劲儿，小个子男人急忙去抓巴尔萨的手。

"我真的不知道。他说自己受雇于桑加的贵族。"

"那家伙想知道关于塔尔法的什么事情？"

"他……跟你一样，想知道是谁把塔尔法卖给欧路希的。"

巴尔萨的胸口感到一阵寒意。除了自己，还有其他人在打探查格姆的下落。

“你告诉他了吗？”

小个子男人点了点头。

“和接待我的情况完全不一样嘛。”

小个子男人用一种似乎是从喉咙里挤出的笑声说道：“那小子……带来了桑加国王的特赦证。如果在桑加第一次犯法被捕，是可以用它免除罪责的。对我来说，这张纸可比什么宝贝都值钱。你也带了什么好东西吗？”

巴尔萨一笑：“本来是想着要花大价钱买的，现在不用了，因为我手里正拿着更好的东西呢。”

巴尔萨胳膊一使劲儿，小个子男人疼得手脚乱动。

“你把这事告诉了别人可就麻烦了……”

巴尔萨嘴里一嘟哝，小个子男人的挣扎立马就变得剧烈起来。

“等等！我告诉你你想要知道的。”

“这就对了。不过，光这样还不行啊，关于刚才那个男人的事情，你也得一五一十地告诉我。还有……”

巴尔萨的声音越发低沉，她故弄玄虚地说道：“我的耳目众多，你今后要是胆敢再跟别人提起这些事，就等死吧。”

巴尔萨的手臂感觉到他在点头：“嗯，不说。”

刚开始，小个子男人慢慢悠悠地讲话，仿佛在故意拖延时间。巴尔萨夹着他的头的右手手臂一使劲儿，男人立刻发出哼哼唧唧的呻吟声，这才认真地讲起来。

巴尔萨一边默默听着，一边观察保镖们的动向。被扔到地板上的家伙们这时有的按着肩膀，有的揉着脑袋，都爬了起来。其中一人好像左侧锁骨骨折了，满脸淌着汗水。

小个子男人一闭嘴，巴尔萨就凑到他耳边小声说："你说的话是真是假，我迟早会知道。要是敢胡说八道，你就等着吃后悔药吧。你知不知道你陷进了一个泥潭里？最好不要自作聪明。当然，要是你觉得有必要舍命来包庇那个来卖宝石的人，那就另当别论了。"

小个子男人沉默着不说话。

"怎么样？这是最后的机会了。有没有什么要补充修改的？"

"你说……我到底陷进了什么泥潭？"

"你还没回答我的问题呢。"

"我一回答，你就拧断我的脖子，这我可消受不起。"

巴尔萨低声笑了起来："你好好想想。我独自来到这里，是想用钱买情报。你要是痛痛快快把情报卖给我，我早就老老实实地回去了。欲壑难填，瞎耽误工夫的可是你。我不是什么小毛贼，你应该清楚啊！你要是没那些奇怪的举动，我也不想故意拧断你的脖子把事情闹大。"

片刻的沉默后，小个子男人的身体放松下来。接着，从他口中冒出一个和先前完全不同的男人的名字。

"是一个叫尤藏的家伙，人称'红眼的尤藏'。"

巴尔萨小声说道："那就把你知道的有关这个人的情况，一五一十地告诉我。”

小个子男人似乎完全缴械了，讲起了那个海盗经常去的酒馆，还有他的船停靠的地点。

“这家伙去欧路希那里之前，的确来过我这里，要把宝石卖给我。但是，我没有买，因为我看一眼就感觉到了不妙。做生意直觉很重要。三十年的赃物生意可不是随随便便就能做的……”

“好直觉呀，好好珍惜吧。”

巴尔萨把小个子男人从椅子上一提，站了起来，然后对保镖们说道：“放下武器，从这门出去走到巷子里。我在后面跟着。等我安全离开，就放了你们主人。要是搞什么花样，就让你们听听这家伙脖子被拧断的声音。”

看到小个子男人点头，保镖们默默地放下武器，退到巷子里。他们的肩和手腕擦着墙壁，巴尔萨夹着小个子男人的头在后面慢慢跟着。

来到外面，一阵风哗地吹到脸上。

保镖们都默默地呆立着，看着夹着主人脑袋的巴尔萨退到巷子里。巴尔萨一边盯着保镖们的脸，一边倒退着走向大街。

看到一个保镖的眼睛突然一动，巴尔萨立刻感觉到有些不妙。她向前一冲，没有回头，直接抡起小个子男人向后扔了出去。

小个子男人的身体重重地砸到了从背后偷袭巴尔萨的男人的肚子上。踩着摔倒在地的男人的肩膀，巴尔萨跃过保镖们，径直跑到了大街上。

明亮的街灯下，巴尔萨感觉浑身直冒冷汗。

想起来了，刚才是有一个保镖被叫了出去。这家伙一定是受了后出来的那些保镖的指使，在暗处藏着。要是没有发现保镖的眼睛动了的话，自己早已沦为剑下鬼了。

脚踩地面时，巴尔萨感到右脚踝一阵剧痛。可能是踹桌子时受伤了。巴尔萨心里不禁犯起了嘀咕：最近一段日子，行动的确不像以前一样自如了。去年和前年相比，今年和去年相比，自己的身体都有变化，真是上年纪了。

“野兽要是不能跑，就只能被吃掉。”巴尔萨的脑子里突然闪过苦笑着说这句话的养父吉格罗的面庞。

不是开玩笑。只是，还没有到岁数……

巴尔萨咬紧牙关忍着脚痛，在大街上的人群中穿行。

大街上，夜晚的热闹才刚刚开始，走向酒馆和饭馆的人们拥挤不堪。巴尔萨混入人群中，又走进一条巷子里，躲在建筑物的阴影处，暗中确认是否有人追上来。

好像那个店的保镖没有追上来，但是巴尔萨的心情却放松不下来，沉重的恐惧感依然紧紧地压在她的胸口。有人正在追踪查格姆……这意味着，查格姆可能有危险。

无论如何，一定要比约格人抢先一步见到那个叫“红眼的尤藏”的海盗，一定要防止从他口中泄露关于查格姆的事情。

5

“红眼的尤藏”

长明灯微弱的光照着快速行驶的小帆船。

体格结实的桑加人伫立在帆船的甲板上，爱怜地抚摩着帆柱。

船上好像没有其他人。船在浪里晃晃悠悠地起伏着，在长明灯的映照下，男人肩上的红色神鱼眼睛刺青显现出来。

“终于……可以走了啊。”这个男人——“红眼的尤藏”在心里嘟哝道。

本不打算在罗塔的港口逗留这么长的时间，但是修船花费的时间出乎意料地久。这艘长年随自己乘风破浪的船，没想到竟然损坏到了如此地步。

因为手里有了一大笔钱，尤藏就拜托熟识的船匠来修理几处破损的地方。可船匠又找出了几处自己没有留意到的船底破损和帆柱底部腐烂的地方。船匠还警告道，再这么下去，稍遇风暴，船就会损毁沉没。

虽然手里有修理的钱，但是尤藏心里很急。那已经卖掉的宝物好像有什么蹊跷，他总预感在这个港口逗留会出事。

然而，船损坏的程度的确很严重，到达下个港口之前如果真的遭遇风暴，很有可能会沉没。

尤藏不情不愿地拜托船匠修理船。但因为可以在港口长待，手下的船员们都非常开心。他们大白天就开始泡酒馆、赌博或是干别的，不亦乐乎。

他们个个都是船技了得的船员，是和尤藏在一个岛上出生、长大的兄弟，只是大家生性散漫，嘴巴不严。特别是小弟拉荀，好像嘴巴先出生似的，最喜欢用话来取悦别人。

尤藏禁止大家在酒馆里说卖宝石赚钱的事情，但是小弟好像还是在私下里泄露了。

尤藏叹了一口气。

算了，反正明天早上就和这个港口说再见了。

确认缆绳紧紧地固定好了以后，尤藏上了岸。早已过了半夜，如果明天要出发，就不得不让同伴们停止喝酒了。

一打开熟悉的酒馆门，喀楂尔烟草的烟就扑面而来。

从天花板垂吊下来的六盏灯悠悠荡荡地摇动着，影子随之晃动，加深了男人们的醉意。

尤藏环视酒馆一圈，看到自己船上的船员，就挨个儿拍着他们的肩叫他们起身回船上去。

小弟拉荀在酒馆的角落里，正和一个个子不高、商人模样的约格男人玩着欧拉库——一种用彩色卡片玩的赌博游戏。一看他那炯炯有神的明亮的茶色眼睛，就知道他可能赢了不少。拉荀一边像喝水一般地灌着酒，一边把彩色卡片拍在桌子上。

“喂，差不多该结束了。明天天一亮就要出发。”

拉荀听到声音，一下子抬起头，笑着说：“等我一会儿，现在手气正好呢。马上就好。”

拉荀的确手气很好。就在尤藏看着的这一会儿工夫，他又从约格商人那里赢了两枚银币。

面色灰暗的中年约格人叹了一口气，转动身子似乎想要放松一下僵硬的肩。

“我认输了。今晚好像幸运星偏袒着你。”

拉荀大笑：“可不只是今晚。自打我出生，幸运星就一直跟着我。好了，按照约定这个我也拿走了。”

拉荀拿起酒壶给大家看。约格人抬了抬下巴，表示“你可以拿走”。

“大哥，你看，这是阿拉库酒。就算是有钱，也很难弄到手，这是名酒呀！把它当睡前酒吧。”

尤藏微笑着，他喜欢这种阿拉库酒。正如小弟所说的，它很难弄到手。为了庆祝明天出发，睡前喝一杯也不错。

回到船上，尤藏见大家都醉醺醺地躺在床上休息。“咱们为出港喝一杯，大家都喝一杯再睡。”

拉荀打开阿拉库酒的酒壶盖，将酒倒入木碗里，大方地分给同伴们。男人们从床上探出半个身子将美酒一饮而尽，美滋滋地进入了梦乡。

尤藏独自走进舱室，踏踏实实地坐到椅子上，慢慢地将阿拉库酒含在嘴里。先是一阵辛辣的感觉刺激着舌头，随后是甘醇的酒香在口腔蔓延。

桌上跃动的烛火发出噼啪声。灯芯有些长了，得剪了……想着想着，尤藏突然就睡着了。

究竟是过了多长时间呢？

是做梦还是现实？尤藏坐在舱室的椅子上，看着黑水渐渐地漫过了脚。

糟糕，船进水了。明明想着要把兄弟们叫起来，确认是哪里进水了，可身体就是无法动弹。

不知什么时候，桌子对面坐了一个男人——被拉苟赢走阿拉库酒的那个约格商人。他为什么进到了舱室里面？

这到底是怎么回事？我在做梦吗？

正想着，那个约格人笑了。

“是的，你是在做梦。为了帮助肩上刻着我的印记的你，我从亚鲁塔西底而来。你想要我帮忙不让这船沉没吗？”

尤藏毫不犹豫地点头。

约格人脸上依然挂着淡淡的微笑，说道：“你之前在航海的时候捡起了灾难之种卡鲁库·霍，你没注意到吗？”

尤藏一阵毛骨悚然。

“果然，那个臭小子是卡鲁库·霍啊……”

约格人点点头，继续说道：“这样吧，如果想除去卡鲁库·霍，那就把你知道的事情统统告诉我。我认可了，就让他替你们沉到海底去。”

尤藏高兴地点着头说：“真是太好了，我一定会一五一十全讲出来。那个臭小子……”

就在这时，头好像被什么东西突然击中，尤藏发出了呻吟。

最初那种好像被硬物击中的剧痛很快消失了，随之而来的是像从大脑深处传来的一阵一阵疼痛。

尤藏感觉到船的摇摇晃晃，这才发现自己刚才没有察觉到这些：脚下并没有水，脚也没有变得潮湿。

抬起头，尤藏瞠目而视。

那个约格男人趴在了桌子上，一动不动，要么失去了知觉，要么死了。

在他身后站着一个从没见过的女人——一个坎巴中年女人。

“清醒了吗？”

被女人用桑加语询问，尤藏皱起了眉头。

“到底……怎么回事？你……是谁？”

尤藏开始耳鸣，感觉要吐，捂住了嘴。

“一会儿再说。先把他收拾了。”

说完，女人就把缠在手腕上的细皮绳一圈圈地解下来，将那个已经失去知觉的人的手臂紧紧地绑在身后。接着又取了悬挂在天花板上的绳子上的手巾，用力拧了拧，塞进这个人的嘴里。

“有麻袋吗？”

尤藏听后用下巴指了指橱柜。

女人找到麻袋后拿到这边，啪地一抖打开袋口，将这个约格人蒙头罩了进去。

“有绳子吗？”

“……那下面就有，右边柜子里。”

尤藏呆呆地看着女人麻利地用绳子捆住麻袋，那约格人已经完全没法动弹了。尤藏感觉好像还在梦中。

女人把约格人扛在肩上走出舱室。

尤藏抱着头哼哼了一会儿，终于用手撑着桌子站了起来。脑袋还是昏昏沉沉的，但已经不犯恶心了。

尤藏取下墙上挂着的刀，拔刀出鞘，就向甲板冲去。

巴尔萨把约格人扛进了船匠的小屋里，用手边的绳子将他绑在了柱子上。一想到查格姆，她简直不想让这个男人活下去。巴尔萨在黑暗中盯了男人一会儿，终究还是叹口气，移开了视线。

紧紧地关上门走到外面，巴尔萨平复了一下心情，开始观察周围的情况。

在长明灯的灯光下隐隐约约显露出来的船上，“红眼的尤藏”就站在那里，他手中握着的刀正发着寒光。除他之外，好像没有别人。

巴尔萨抄起竖靠在船匠小屋墙边的木桨，呼地试着挥了一下，搭在肩上就朝船走过去。

巴尔萨一登上跳板，尤藏就做好了准备。

“你，是谁？”

不愧是久经沙场的海盗，声音中气十足。

“你难道不应该先向我道谢吗？”

“道谢？”尤藏一边小心谨慎地看着巴尔萨从甲板上下来，一边小声问道。

“是的，你刚才中了咒术。”

尤藏皱起了眉头：“你说是咒术？”

被女人这么一说，尤藏确实只能想到自己是中了咒术。如果那个小个子约格人是咒术师的话，那么他在酒馆也就不是偶然了。

那个阿拉库酒也……

只喝了一口阿拉库酒就陷入了睡眠之中，酒里一定被下了咒药。说来也怪，明明这么大的动静，同伴们却一个也没有起来。

一股寒意在胸口蔓延，尤藏脸色苍白地看着巴尔萨：“为什么要帮我？”

巴尔萨面无表情地回答道：“没想帮你——看事情发展情况，说不定还会杀了你。”

尤藏握紧了手中的刀：“你……说什么？你说的我可一句都听不懂。”

巴尔萨盯着尤藏，迅速地举起了桨。

“给我好好回答吧，那个被你抢了塔尔法的人现在在哪里？”

尤藏不假思索地向后退去，好不容易才停下脚步。一阵寒意从腹部涌上来——眼前的女人突然看起来就像怪物一般。

尤藏龇牙大喊道："这种事……我不知道！"

话音未落，尤藏便向着巴尔萨迈进一步，将刀挥向她握桨的手，用力砍杀。但尤藏却看到了散落的火花。鼻子好像有一点儿不对劲，尤藏捂着鼻子迷迷糊糊地跪了下来，连刀从手中脱落也没发现。鼻血从指间吧嗒吧嗒地滴到了甲板上，尤藏全身都颤抖起来。

尤藏双手捂住鼻子，抬起了头。女人就好像一座大山一样站在他面前，桨正稳稳地指着他的额头。

"下一击就要打这里了。"

桨的影子落在眉间，那里开始一点点热了起来。

"你……是那个臭小子的什么人？"尤藏情不自禁地小声问道。

"问话的是我，赶快回答我的问题。"说着，巴尔萨腹部开始集中力气。

"已经杀了那个孩子！"这样的话会从这个男人的口中说出来吗……

男人叹着气，用手掌擦去鼻血，盘腿坐在了甲板上。

"那个臭小子果然是卡鲁库·霍啊。"嘟哝了一句后，尤藏肩膀懈了力气，"那家伙是生是死我真不知道。"

说完，尤藏仰视着巴尔萨，又补充道："我没说谎。那家伙真是个奇怪的孩子，我一开始是不想跟他有牵连的。"

"在哪里、怎么碰到的，都给我一五一十地讲出来！"

尤藏朝甲板吐了一口带血的唾沫，叹了口气说道：“我是在快要看到茨拉姆港的地方遇到那家伙的。”

听到这令人意外的话，巴尔萨皱起了眉头。

尤藏依旧低着头，继续说道：“他当时在拉夏洛人的船上。我们一般是不会对拉夏洛人出手的，只是，这事真是鬼使神差呀！我们遇到了风暴，所幸船没有沉没，可费了半天劲儿钓上来的鱼都馊了。正着急看有没有什么猎物的时候，我们遇到了那家人的船。”

拉夏洛人是生在船上、死在船上的大海的子民，不知道哪里传出来这样的说法。查格姆似乎不是坐着坎巴人的船，而是坐上了拉夏洛人的家船一直到了罗塔，大概他觉得拉夏洛人更加靠谱吧。

尤藏叽叽咕咕地继续说道：“拉夏洛人比我们还要穷啊，是不能成为猎物的。可是船里坐着一个十分漂亮的姑娘，就算在拉夏洛人里也是屈指可数的。那么美的姑娘是可以卖出好价钱的。虽然我们觉得他们可怜，可我们也一贫如洗呀，只好牺牲他们了。用钩子钩住那条家船后，我们就过去了……”

小小的家船载着姑娘和她幼小的弟弟，还有他们的父母。正当海盗们拿刀指着颤抖着的一家人、抓住姑娘胳膊的时候，船角落里的帆布被拨开了，一个年轻人从里面走了出来。

这是一个约格的年轻人，皮肤黝黑，和拉夏洛人一样只围了一块腰布。然而尤藏只看了一眼，就感觉到这个年轻人既不是商人也不是渔民。尽管不知道哪里不对，但是一定有不对的地方。尤藏有一种感觉，那个年轻人好像是从破烂口袋中倒出来的经过打磨的硬玉石。

“要抢去卖掉的话，恐怕我比那个姑娘更好吧。”那个年轻人用流利的桑加语对尤藏说道。

明明还是乳臭未干的年纪，却出奇地镇静，声音也很沉稳。

不知为何，尤藏感觉到一丝不妙。这个人一定有什么来头。他在心里不断提醒自己，还是不要与这个年轻人产生什么干系比较好，可在兄弟们面前，要放弃这么好的猎物好像也不行。

“这下……猎物变成了两个。”

说着，尤藏把手伸向年轻人。可就在这时，一个发光的东西出现在他眼前。

年轻人手里拿着宝石，一看就是昂贵的首饰！

就在海盗们瞠目而视的瞬间，年轻人一脚跨到船边，挥起手臂。还未等海盗们叹息，首饰已被抛向空中，掉入海里。

“你……你在干什么？”

小弟拉荷急忙跳入海中，可是已经来不及了。附近的海水很深，一旦沉下去就捞不起来了。

他竟毫不犹豫地将这么昂贵的宝石抛入海中！尤藏简直不敢相信。转头一看，年轻人正将手中的一个袋子伸向海面。

尤藏正想跨过去，年轻人用尖厉的声音大喊道：“不要动。动的话，我就把这些也扔到海里。”

尤藏很清楚年轻人是认真的。

“不要做傻事。这么做，对你们也没好处。”尤藏大喊，“就算你把它扔到海里，你和这个姑娘还是我们的猎物。”

年轻人笑了：“那，这不要了？”

尤藏无语了。袋子里的东西正一闪一闪发着光，其中好像还有难以估价的塔尔法。

的确，就算卖掉年轻人和姑娘，也比不上这些宝石值钱。

年轻人对着迟疑不决的尤藏说道：“只要不对他们下手，这些宝石就都给你们。回到你的船上，解开钩子，我就把宝石扔过去。”说完，年轻人用犀利的目光盯着尤藏，“能够得到这么多宝石就别再贪心了，上天和大海可都在看着你们。”

这句话不可思议地打动了尤藏。最终，尤藏说道：“你说……把宝石扔给我们，不敢信啊。只要你拿着宝石来我们船上，我们就放过拉夏洛人。”

一瞬间，尤藏在年轻人眼里看到了深深的犹疑。

“变成俘虏……也可以，但我有一个条件。”年轻人直直地盯着尤藏，“如果要把我卖掉，就卖给罗塔王国茨拉姆港的商人。”

尤藏皱起了眉头，不明白他为什么会强调这个。不过，茨拉姆港倒是最近的港口，也有愿意出价买宝石的买家。

“好，就如你所愿，把你卖给茨拉姆港的商人。那，过来吧。”

年轻人还是摇头：“你们先回到船上去！解开钩子我再过去。我要是违背约定，你们就拿鱼叉刺我。”

尤藏耸了耸肩，对兄弟们发了个指令。

全员回到了船上，解开钩子，准备好鱼叉。年轻人这才用嘴巴咬着宝石口袋，登上了对方的船。但接着，他用手迅速取下口袋，把胳膊伸到了海面上。

拉夏洛人一边挥手一边哭泣。年轻人没有流泪，只是紧闭双唇，默默地目送家船离去。

尤藏一说完，巴尔萨就小声问道："嗯……那你把他卖给这个港口的奴隶贩子了吗？"

尤藏摇摇头："没有卖。"

一只手撑着甲板，尤藏慢慢地站了起来。不知不觉间天已破晓，微微泛白的晨曦让大海染上了钢刃般的颜色。

尤藏呆呆地将目光投向街上，轻声说道："就像那家伙说的，做人太贪不好。塔尔法啊，恐怕是耗尽一生也不一定能得到的宝物。要是连着其他宝石一起卖掉的话，已经足够让我的弟兄们享乐一阵子了。"

尤藏的目光回到巴尔萨身上，他接着说道："奇怪的小鬼啊！不知怎的就不想把他卖给奴隶贩子了。"

巴尔萨看着尤藏那张被灰色的光照耀着的脸，小声问道："那个孩子到底怎么了？"

尤藏苦笑着说："我一开始就说了，不知道。他就在这里下船了。我把宝石卖了之后，对他说去哪里都行，就把他给放了。"

巴尔萨终于长吐一口气，紧张的身体也放松下来。

尤藏失魂落魄地呆呆地看向城里的方向。巴尔萨面向城镇，视线停留在那成排成排的房屋上。

好不容易追踪到这个地步，线索却又断了。

如果是被卖给了奴隶贩子，倒是还有追踪的方向……

不过，好歹知道了他至少现在还活着，且恢复了自由之身。想必他正以坚定的眼神，健步行走在什么地方。

这么想着，一股暖流在巴尔萨胸口蔓延开来。

他还活着……

但还不能高兴得太早，还不能太抱有希望，除非亲眼见到他平安无事。不过，尽管在心底如此告诫自己，那种无法抑制的温暖还是从心底涌了上来。

查格姆一定还活着。现在，此刻，他一定就在这座小城的某个地方……

黎明的光静静地照出了城市的模样。港口沿河一带仓库林立，而从港口一直延伸至河右岸平缓的山丘腹地，则密密麻麻地排列着住房。

山顶附近，远远可以望见一幢高大的白色建筑，好像是城堡。两座尖塔在朝阳下闪闪发光。

“那是大领主的城堡吗？”

听到巴尔萨问，尤藏点了点头。

“是斯安大领主的城堡。”接着他又嘟哝了一句，“说起来，那个小毛孩也问了同样的问题。”

就好像被什么击中了一般，巴尔萨把脸转向了尤藏：“真的吗？”

“嗯，他也问了那是不是大领主的城堡。我告诉他那是斯安大领主的城堡，他道了谢，然后就笑了。他腰上还缠着拉夏洛的腰布，就朝着城堡的方向走去了。”

巴尔萨扔掉桨，抓住尤藏的胳膊：“那是什么时候的事？”

“嗯……稍等。”

尤藏看着天掰了掰手指，回答道：“大概十五天前吧。”

巴尔萨的脸上不禁泛起了愁容。

十五天。收到晋的来信时，查格姆就在这里。

巴尔萨放开了尤藏的胳膊：“你告诉我的都是真的吧？”

尤藏耸了耸肩：“别再为难我了。我可以发誓我所说的都是真的，但我也没有什么证据。”

巴尔萨目光犀利地盯着尤藏：“赶紧离开这个港口。那个咒术师有同伙，这段时间最好不要再来罗塔。那个年轻人的事情不要再跟任何人提起，包括塔尔法的事。如果……你惜命的话。”

尤藏小心翼翼地摸着鼻子回答道：“你不说，我也打算这么做。你一下船，我们就出港。”

巴尔萨点头走了。她下了跳板，一回头，视线与抓着跳板一端的尤藏正好相对。

巴尔萨默默地盯着尤藏，然后迅速转过身离开了。

尤藏注意到，这个女人走起路来，右腿似乎有些吃不上劲儿。

真是个奇怪的女人……

自己将事情和盘托出，原本是想摆脱和那个年轻人的干系，从此摆脱厄运。可莫名其妙地，似乎自己心里也想着要把这件事告诉那女人。

那女人精神高度紧张。虽说面无表情，但从她打探年轻人生死时的眼神来看，这件事绝非小事。

回想起在这个港口，年轻人离开时一回头那干净而爽朗的笑容，尤藏不禁叹了口气。

我到底和什么牵扯上了关系？这年轻人究竟是什么人？虽然心下不免好奇，但不用女人提醒，我也不想再扯上干系了。

那家伙就像旋涡一样啊！靠近他身边就会被拽到海底。上了年纪的船长知道潮汐的时间。

尤藏再一次轻轻地摸了摸他那红肿麻木的鼻子，便下到船舱去叫同伴们起床了。

6

预感

好像听到了巴尔萨的声音，唐达猛地睁开了眼睛。

夕阳透过洞开的大门照进土屋，远远地有几声鸟鸣传过来。

寂静充满了这空荡荡的家。

唐达枕着胳膊躺在地板上，呆呆地望着门外。很奇怪，居然在这个时间睡着了，而醒来后的身体里又装满了疲惫和痛苦。

时不时就会有这样的感觉。在黎明突然醒来时，巴尔萨不在身边的那种空虚感充满了唐达的胸口。

巴尔萨是做不到平静下来过日子的。一旦平稳的日子持续上一阵子，巴尔萨就好像被什么东西召唤着一样，变得坐卧不宁，于是踏上旅程。

而唐达喜欢在一个地方扎下根来，过着日复一日的平稳生活。两个人真是完全不同的性格。

就连唐达提议在这个家里抚养阿思拉和齐基萨的时候，巴尔萨也是苦笑着摇摇头："和我这样的人生活在一起，对孩子们可不好呀。"

说完这话，之后无论再对她说什么，她都听不进去了。

阿思拉从醒来到神志清醒花了很长的时间。可是，尽管她神志清醒了，眼睛里有了神采，也听得懂大家说话，但始终说不了话。

起初，巴尔萨就像照顾从巢里跌落的雏鸟一般寸步不离地守在阿思拉身旁，直到阿思拉露出了笑容。等巴尔萨觉得可以放手了，她就把阿思拉和齐基萨托付给了一个在四路镇经营服装店的叫玛莎的老夫人。

玛莎的确是个非常能干的人，可以很好地照顾阿思拉和齐基萨，唐达也就接受了。但是，和两个孩子分离后，唐达感到很寂寞，巴尔萨的内心应该也是十分寂寞的。

从脑袋下把胳膊抽出来后，唐达把脸颊贴到了冰冷的地板上。

距离那个使者来拜访已经过了很长时间了……

巴尔萨找到查格姆了吗？也可能她还在拼命寻找？

唐达叹了口气，不由得替两人担心起来。就算顺利地找到了查格姆，之后又会怎样呢……

从修加透露给特洛盖伊的话中，可以清楚地知道查格姆已经被国王疏远了。国王绝对不希望看到，在这个与异邦战事迫近、充满紧张氛围的国家，已经作为死者被安葬并祭献给神的太子死而复生。

要想帮助查格姆，巴尔萨就只能在看不见前途的巨大旋涡中苦苦挣扎。

唐达用胳膊挡住了脸。

缠绕两人的东西太大、太复杂，甚至就连如何做才可以得到救助也无从知晓。

“她呀，就算我们担心也没有用。巴尔萨和查格姆都需要靠自己去决定自己的命运，你和我有另外的事情要做。我们唯有祈祷，可以在各自竭尽全力后到达的终点再次相遇。”

尽管特洛盖伊师父这么教诲过，自己也明白这个道理，可他们两人的事却总是装在他心里，未曾离开片刻。

睁开眼，夕阳的光稀薄了，取而代之的是一片黛色。一起身，唐达忽然感到一阵眩晕。

唉，真没用，就因为这么点儿事就如此失魂落魄。

纳由古的春天到了，这个地方正有什么事情要发生。

不仅仅是蜡异常增多让树根腐烂，好像有什么更大的事情要发生。伫立在森林的深处，好像可以感觉到山和森林正发出低沉的呜呜声。

师父特洛盖伊命令唐达试着去调查纳由古河流中温度异常高的水正流向何处，而她自己则去面见那些分散在各个村落的咒术师。

说来简单，但是观察纳由古却格外辛苦。

唐达会在一些地方使用咒术，一边观察纳由古的风景，一边探查纳由古的水流去向。就在青雾山脉的深处，迫近坎巴王国国境的山口附近，纳由古的河流消失在高耸的悬崖峭壁之中。仅凭这一副萨古的身体是无法再追寻下去的。

唐达昨天傍晚就已经回来了，但一晚上的睡眠似乎不足以恢复他使用咒术所耗费的精气。吃过午饭，他本想稍微躺一下，却一下子陷入了沉睡。看来身体依然十分疲倦。

想要用咒术来提高灵魂的力量、接触纳由古这事，果然还是有局限性，长时间使用咒术会耗掉人的精气。

要是可以像抱着精灵卵自由自在地观看纳由古的查格姆一样，那可真是一件开心事啊……

对了，拥有特异功能的阿思拉也是可以自由看到纳由古的人。

突然，师父的话掠过心头。

纳由古河流里成群结队的小鱼之中，也会有一些家伙背鳍的光可以被这边看到。不知道为什么会这样！要是背鳍不发光，它们就不会被这边的鸟吃掉。

为什么会有这种横跨纳由古和萨古两个世界的东西存在呢？查格姆怀抱的精灵的卵，为了这个卵的成长而存在的席格·萨尔亚的花，莫非……阿思拉这样拥有特异功能的人也可以跨越两个世界吗？

突然，唐达的脸阴沉下来。

如果是这样的话，那查格姆……恐怕也是这样的存在。正因如此，他才可以抱着那个精灵的卵。

正呆呆地左思右想，唐达注意到有脚步声，他抬起头来。有谁在爬山路，而且不止一个人。

唐达站了起来，犹豫不决的声音从外面传进来："唐达叔叔……"

唐达一阵吃惊，赶紧下去迎接。

"是齐基萨吗？"

齐基萨和阿思拉正站在黄昏的暮色中。

"哎呀，哎呀，真是令人高兴呀。我正想你们呢，来得正好！别站着了，快进来，进来。"

看见唐达的笑容，齐基萨好像松了一口气般露出了笑容。一低头，齐基萨从背后推了推阿思拉，他俩一起走进了屋里。

阿思拉低着头，表情有些僵硬。

"快，过来吧。我这里没什么东西，不过可以生火给你们做点儿吃的。用罐子里的水冲冲脚。"

唐达说着抬腿迈上了地板间，扒拉开炉子里的灰，拨旺埋着的火。待树枝放上去火着了后，他又添些木柴把火弄大。

柴火噼噼啪啪地开始燃烧，屋子一下子变得明亮起来。

齐基萨和阿思拉坐在地炉旁边，开心地烤着火。

“突然过来……不好意思啊。”齐基萨轻声说道。

唐达满脸堆笑：“什么时候来都没问题。就是路途太远，你们真了不起。”

“哪里哪里，是因为和玛莎夫人一起来京城。今早我们去了杂货铺托亚那里，再次确认了路线后才爬上来的。只是天快黑了，有点儿害怕。”

唐达把盛有水的锅放在了地炉上。

“那家伙靠谱。这么一说，你们今天来得还真巧，昨天我就不在家。我刚从外面回来，没什么好吃的招待你们。不过还能做个火锅。”说着，唐达看着阿思拉又说道，“你们好不容易来一趟，可惜巴尔萨出远门了。”

阿思拉没有回应，只是一味地低着头。齐基萨看了一眼妹妹，随后便抬起头望着正在忙活的唐达。

“虽然我们也想见见巴尔萨阿姨，但我们是因为想见唐达叔叔才来的。”

唐达抬了抬眉毛说：“哦？这样说真叫人开心……发生什么事了吗？”

齐基萨凑上前仔细地看着阿思拉，但阿思拉依然表情僵硬地低着头。迎着齐基萨的视线，唐达默默地摇了摇头。

唐达将三个装了水和米的斑竹塞进炉灰里，说道：“先休息一下吧。我只能给你们做米饭和山菜锅了。”

齐基萨点点头，突然若有所思地站了起来，打开了堆在房间角落的行李，从里面拿出一个用油纸包着的东西和一个用干净的纸包着的东西。

“这些东西是夫人给的。”

唐达在腰间擦了擦手，接过纸包。打开一看，是用白砂糖和米粉混在一起做的花鸟样式的点心。

“啊呀，这点心可真是漂亮。”

齐基萨笑了。

“夫人说到恩人那里是不能空着手去的，就让我们带来了。”

一想起干练的老夫人玛莎，唐达的心情变得复杂起来。她这么细致地教导两个孩子，论养育之恩，自己得答谢她才对。从玛莎那里接受东西，唐达总觉得不大合乎情理。

当然，这样的想法是不能表现在脸上的，唐达恭恭敬敬地接过了点心。

“嗯，你也要代我向玛莎问好啊。”

“嗯！”

齐基萨点点头，露出羞涩的表情，又递过来一个油纸包。

“嗯……这是我在城里买的。我用自己攒下来的钱买了这个。”

油纸包里面还裹着一层竹叶，打开竹叶，里面是用霍萝[①]腌过

① 霍萝：把豆子磨碎后发酵，再加上盐做成的一种汁料。

的肉。

“呀，这个好。看上去就很好吃！”

唐达非常开心，向齐基萨感谢道：“谢谢。我们马上烤着吃吧。”

虽说齐基萨已经开始在玛莎的店里工作，但身为实习佣工还挣不了多少钱。齐基萨竟然用攒下的工钱给自己买了这么贵重的礼物，唐达觉得这孩子的心实在是可贵。

待锅里的野菜煮熟后，唐达便取下锅，在火上架了一个带腿的铁网，把用霍萝腌过的肉放到了铁网上。

肉经火一烤发出刺啦刺啦的声音，渗出的油滴落到炭上时也发出一种奇妙的声音，整个屋子香味四溢。

唐达为两人盛了柔嫩美味的烤肉、热腾腾的米饭，还有暖暖的山菜汤。

齐基萨忘情地大口咬着肉，大口扒拉着饭。

阿思拉刚开始只是慢慢地喝着汤，但当脸上的血色一点点恢复后，也把筷子伸向了烤肉，美美地吃了起来。

吃完晚饭后，阿思拉的表情明显变得温和了起来。

阿思拉一边喝着唐达特制的微带甘甜的茶，一边抬起头来看着哥哥。齐基萨点点头，突然对着唐达说起了他们来这里的原因。

“一年多来，阿思拉常常做一种梦，就像被魇住了似的……一开始我以为是被梦魇住了，可她说不是。三天前，我们和夫人一起来到光扇京，妹妹越来越不安，于是她提出要到您这里来，说是有话要说……”

一瞬间，唐达以为阿思拉会开口说话，心下期待着，但阿思拉并没有开口，而是从怀里掏出一张纸递给唐达，纸的反面似乎写着什么东西。打开一看，唐达不禁眨巴起了眼睛，纸上全是不认识的字。

“嗯……不好意思，阿思拉，这是塔鲁的文字吗？罗塔文字我倒是还会认，但我读不懂塔鲁文字。”

齐基萨慌忙伸出了手：“啊，对不起。是这样，阿思拉只会写塔鲁文字。”

齐基萨原本想把妹妹写的文字念给唐达听，结果还是犹疑地说道：“我还是……不太明白内容呀。”

“没关系，读给我听听。”

见唐达点点头，齐基萨便把塔鲁文字翻译成约格语读了起来。

“唐达叔叔，谢谢您之前救了我们。今天我有些事情想请教您，所以写了这封信。从去年春天开始，我就经常做同样的梦。是怎样的梦我也不太清楚，一睁开眼就不记得了。但是，时不时又好像能回忆起来，有一种胸口被重重的岩石压着的感觉，好想赶紧逃开。虽然和回忆起那个时候的恐怖的梦很像，但是又不一样。”

阿思拉目不转睛地注视着唐达，眼中的狠劲儿让唐达感到不安。

“我拼命地思考，终于，我发现了：这样的感觉，是从我梦到在纳由古的琉璃色的水中，有什么东西从远处游来之后产生的。神圣的东西，一个和神不同的神圣的东西，从远方来了。正是它让我感到十分不安。

“在城里过桥的时候，我浑身直起鸡皮疙瘩，就跟做梦时的感觉

一样，想要奔跑，想要大喊。可我……又不知道究竟该做什么。

“唐达叔叔，请告诉我该怎么做……”

唐达感到一阵凉意袭来，不免觉得有些紧张。

“是什么东西，从哪里来？”

阿思拉紧锁眉头，抓住哥哥的手，接着在他的手掌上写起字来。齐基萨慢慢读着妹妹用手指写的字：

“是从南边来的。我不知道是什么，只不过是神圣的东西……”

唐达低沉着嗓子，接着问道：“你说是游着过来的，从南边向这边游过来……现在它在这里吗？”

齐基萨等着妹妹的回答。阿思拉在哥哥的手掌上写完字，又马上摇了摇手。

“从南边游过来，向那边去了……”唐达看向阿思拉指的方位，猛吸了一口凉气。阿思拉的手指直直地指着北边——青雾山脉和坎巴王国的方向。

这方向和那奇异的纳由古暖流流向一致。

唐达正要开口说起此事，大门外传来了敲门声。唐达紧锁眉头站了起来。

“今天客人可真多啊。”

唐达下到地上，打开房门，只见黑暗里浮现出一个提着旅行灯的男人的身影。

“哥哥……”

大哥诺西尔吹灭灯火，将灯放在门边，转过身对着唐达，一脸惨白。

“哥哥，你怎么了？有谁生病了吗？”

诺西尔用厚厚的手掌摩挲着黝黑疲倦的脸，摇了摇头：“不是的。我来……是有事要拜托你，这也是我们一家对你的请求。”

突然间，唐达明白了兄长的来意，也明白了兄长的请求是什么，更清楚自己无法拒绝。

一种黑魆魆、捉摸不透的惊恐和悲哀涌上了唐达的心头。

连家门都没进，兄长就说出了唐达已经料想到的话：“村里正在搞抽签，卡伊查被抽中要去当民兵……”

卡伊查是唐达的弟弟，兄弟里面排行最小，前年娶了亲，今年春天刚刚有了一个可爱的女儿。家里人聚在一起说了什么，就算不听，唐达心里也是清楚的。

唐达浑身僵硬，紧紧地盯着兄长的脸。

戴修玛的男人

巴尔萨一摇骰子，骰子就如同设定好了一般精准地落在了斯斯坨盘中央的红色圆形中。围着桌子的男人们看着骰子，连连叹气。

“混蛋，怎么手气这么好？”

巴尔萨挑了挑眉微笑着。

这已经是第五个晚上了，巴尔萨陪着三个门卫喝酒、玩骰子。门卫们毫无节制地狂饮，但其实他们酒量并不是很好，喝着喝着就兴奋起来，口风也变松了。

“到你了，摇骰子吧。”

巴尔萨说完，对面的门卫放下酒碗探出身子，手法熟练地摇起了骰子。

巴尔萨没有带长枪，肩上斜披着红色幸运肩布。

要想打听查格姆有没有来过城堡以及他后来的情况，就得多跟门卫交谈。可是，门卫不会滔滔不绝地谈起领主家客人的事情。

为了不动声色地打听消息，巴尔萨邀请门卫们一起来玩骰子并掌控输赢的分寸。用这种方式叫不认识的人一起喝酒，一来不会惹人生疑，二来巴尔萨也的确相当会玩骰子。

多懂一件事总是没有坏处的……

巴尔萨想起养父吉格罗的口头禅，心里微微一笑。

养育巴尔萨的吉格罗以前有时会去酒馆当保镖。在罗塔，大部分酒馆的阁楼上都有供雇工起居的房间。记得小时候一到天黑酒馆开门，吉格罗就会说“去睡觉”，于是自己就乖乖地钻进被窝。楼下男人的呼噜声、女人的尖叫声，还有酒杯的交错声就成了摇篮曲。

等到渐渐长大了一些，巴尔萨便混在打下手的少女们之中，在酒馆里打工。也就是在那时，她不仅学会了打下手赚钱，还挤进大人们的赌博堆里学会了赌博。

吉格罗没有责骂巴尔萨。吉格罗的口头禅是：“多懂一些事总没有坏处，要尽量多地了解赚钱的手段。”

他说：“我不知道什么时候就死掉了。赌博也好，其他也罢，只要你懂得了如何赚钱，就算一个人也能活下去。”

可另一方面，假如自己乱赌输了钱，吉格罗也绝不会来替自己擦屁股。他说一旦超过了自己的支付能力，就会遭到沉痛的打击，这是世间常有的事。只要遭受一次，就再也不敢了。正因如此，巴尔萨在十三岁时就明白了赌博的分寸。

巴尔萨喜欢这种凭摇骰子的点数来决定胜负的赌博。因为生来手指灵巧，她很快就学会了一扭手指就可以摇出想要的点数的技巧，连大人都能打败。一个老女人注意到巴尔萨手指灵巧，觉得有趣，就权当玩，教了巴尔萨许多招数。

这个老女人很早就失去了双亲，作为赌徒度过了自己的大半人生。和她分别的时候，巴尔萨感到非常难过。

门卫们忠于职守，丝毫不谈论关于领主家来客的事情，不过经过五个晚上的相处，还是显露出了一些蛛丝马迹。巴尔萨感觉查格姆的确来过斯安的城堡。而且，虽然他身上只裹了块渔民的腰布，但恐怕还是进了城堡。

如果只是奇怪的年轻人要求面见领主被赶出来了，门卫们应该会毫无顾虑地谈论的。但每当巴尔萨想要追问时，门卫们就阴沉着脸不说话，或者硬生生地把话题引开，让人感觉似乎有什么隐情。肯定是领主让他们对此事守口如瓶。

倘若查格姆见到了领主，受到太子应有的礼遇，并已经被平安地送至罗塔国王那里，那巴尔萨就无能为力了。可事情真的是这样吗？巴尔萨想弄清楚。

屋内弥漫着一股廉价的香水味，侍女把大盘子端到桌子上。

“这是玛萨鲁，炸肉末鸡蛋卷，让您久等了。”

闻着油炸食物的香味，门卫们乐开了花。

“好的，来了，来了。”

看着他们用手抓起玛萨鲁扔进嘴里，巴尔萨不免一阵苦笑，这下他们可发挥不出玩骰子的技术了。沾满油的手指，即使擦了也很难巧妙地转动骰子扔出去。轮到自己时，巴尔萨用衣服好好擦了擦骰子后才扔出去。

听着门卫们发出失望的声音，巴尔萨用薄刃短刀扎起一块玛萨鲁送入口中。她嚼着嚼着就察觉出一丝和平常不同的刺激舌头的味道。

这个酒馆用的是剩油啊。这样的想法只是在脑海里一闪而过，巴尔萨的注意力马上又回到了赌局上。

对面那个最年轻的门卫眼看就要掷出骰子，突然脸上显露出奇怪的表情。他皱着眉，淌着冷汗。

这个年轻人掷出骰子，从椅子上滑落的一瞬间，巴尔萨看到了门口一个男人正在向外面发出什么暗号。

一种不祥的预感顿时向全身袭来，巴尔萨想要站起来，却打了一个趔趄。

脚底使不上劲儿。眼前的景象变成了重影，在慢慢地旋转。

糟了……

刚才的玛萨鲁里一定有什么东西。围着桌子的门卫们一个接一个地失去知觉，打翻椅子倒在地板上。

在客人们惊恐的吵闹声中，夹杂着士兵们杂乱的脚步声，转眼间巴尔萨就被四名武装士兵包围了。

挡开一个士兵伸过来的手腕，巴尔萨将手指插入对方的眼睛。原本想制伏了他逃离包围，可巴尔萨手脚使不上力气，几乎站都站不稳。后来她眩晕得更加厉害，连自己是站着还是歪斜着身子都不知道了。

巴尔萨被人从后面紧紧抓住了两臂。她猛地一仰头，使劲儿用后脑勺去撞背后人的鼻子，对方一声惨叫，巴尔萨顺势将手臂挣脱出来，可转眼间腹部又被击中了。

巴尔萨顿时呼吸困难，眼冒金星。她拼命咬着牙，不让自己失去知觉。高大的士兵们野蛮地从两侧紧紧抓住她的胳膊，巴尔萨动弹不得，被拖向酒馆的大门口。

通往大门口的过道两侧的墙上布满衣架，整齐地挂着客人们的斗篷。

正当士兵们拖着巴尔萨进入过道时，一个大约是刚到酒馆的客人，手里正拿着脱下的斗篷站在过道中间抬头看向这边。外面想必十分寒冷，男人把修玛——一种类似围巾的挡风用的布拉到鼻子附近，遮住了半边脸。

“喂，让开！”士兵用傲慢的语气对男人嚷嚷道。

说时迟，那时快，男人猛地提起斗篷挥舞起来，一个小小的类似口袋一般的东西从斗篷里飞了出来，正好打中站在巴尔萨面前的士兵的前胸。

顷刻间，白色的粉末就像烟雾一般飞舞起来，士兵们哇哇大叫，用手捂住脸。

眼前一片模糊。由于吸入了粉末，士兵和巴尔萨都剧烈地咳嗽不止。

遮着脸的男人敏捷地绕到士兵身后，用胳膊肘直击抓着巴尔萨右臂的士兵的后颈。士兵呻吟着向前倒地。巴尔萨被倒地的士兵一拽，也跟着向士兵的方向倒去。

抓着巴尔萨左臂的士兵一边咳嗽，一边勉强地拉着巴尔萨不让她倒下。原本歪着身子看着士兵的巴尔萨，突然看到一个人影绕到了这个士兵身后。

下一秒，看到的便是这个人影用手掌向士兵的后颈砍去。士兵还未及出声就倒地了。

“能……站住吗？”

一阵低沉的声音传到耳中，巴尔萨感觉到有人正抓着胳膊支撑着自己。

“出口在那边，快跑！”

只觉背上被人推了一把，巴尔萨踉跄着跑了起来。

背后传来了男人和士兵们格斗发出的沉闷声音。

巴尔萨不住地咳嗽，眼睛痛得不断涌出眼泪。眩晕越来越严重，周围的一切歪歪扭扭的，就好像陷入噩梦一般。

虽然完全不知道发生了什么，但是有一件事情可以确定，那就是现在的自己没有同路人，也不可能有。

尽管不知道他是谁，但自己也要逃离那个用修玛蒙着脸的男人。

男人从背后赶上来，搀着巴尔萨的胳膊："那是出口，快跑！"

巴尔萨想要甩开男人的手，可只觉后颈一阵麻木，脑袋里就像飞入了蝉一般，剧烈地耳鸣，接着全身便直冒冷汗。黑暗笼罩了视线，转眼间视野变得狭窄起来。巴尔萨感觉到身体被人从后面抱了起来，随即陷入了黑暗之中。

即使在黑暗之中，身体似乎还在慢慢旋转着，感觉很不舒服。当意识从黑暗的深渊里开始复苏时，零零碎碎的声音也一点点汇成了带有意思的句子传入耳中。巴尔萨闭着眼睛听着这些声音。

"不知道啊……恐怕是麻药湫亚露什么的。虽然冒冷汗，但没有呕吐，可能天亮就会醒来。"

这声音以前听到过，就是记不起来是在哪里听到过。

是约格语……巴尔萨茫然地想着，是约格语，却又好像有哪里不对。

男人继续说道："如果是湫亚露，就算醒来，身体的麻木感也还会持续一天。第一天最难受，虽然可以开口，但四肢还是麻木无力。湫亚露这种药真适合用来盘问。"

正如男人所说的，巴尔萨虽然醒了过来，但依然感觉身体麻木而沉重，四肢无法动弹，比失去知觉前似乎还要严重。

无奈，巴尔萨只好放松身体，观察周围的情况。

自己好像是睡在坚硬的床上。人声消失了，不知从哪里传来了哗啦哗啦的水声。

在船里？

可是，感觉不到波浪带来的摇晃。或许是在船员旅馆或者港口边的建筑物里？

巴尔萨感觉身旁的男人站了起来，像是要离开的样子。他拉动椅子，好像又坐了下来。椅子发出嘎吱的声响。

还有其他人在屋子里吧。男人不耐烦地说道："真是的，你到底在想什么……"

带着笑意的低沉声音好像回答了什么，巴尔萨听不清楚。但听了这回答，男人似乎很着急，嗓门儿提高了许多。

"你……说什么？无聊？你可能已经听厌了，但我再告诉你一遍，你太过感情用事地袒护那个太子！你……不用否认，我都清楚。"

砰的一声，男人从椅子上站了起来，噔噔噔地走出了屋子。

巴尔萨闭着眼睛，感觉心跳正在加快。

那个太子……是查格姆吧。"太过感情用事地袒护那个太子"，这是怎么回事？

秋乌鲁[①]的香气微微地飘散着。对面那人大概就是用修玛蒙着脸

---

① 秋乌鲁：烟香木，一种点燃后会产生香味的木头。

的那个男人吧。

身体的麻木和脑袋的胀痛依然残存着，但是巴尔萨的头脑慢慢地清醒了过来。

原来如此……

巴尔萨想起是在哪里听过那个走出房间的男人的声音了，他正是那个在“红眼的尤藏”的舱室里向尤藏施放咒术的小个子男人，是那个在酒馆里，巧妙地从尤藏的小弟那里套出关于塔尔法的事情的男人。自己跟踪他，不出所料发现他对尤藏施了咒术，试图打听查格姆的事情。当时没有杀他，只是把他绑在了船匠的小屋的柱子上，他好像后来被同伴救了出来。

也就是说……在这个屋子里的男人——用修玛蒙着面、把自己搬到这里来的男人，正是那个在宝石商店里擦肩而过的约格人。

巴尔萨还是不明白发生了什么。

在酒馆里想抓自己的士兵们，胸前都佩戴着斯安大领主的徽章。自己向门卫们打听查格姆消息的这件事情不知怎的传到了大领主的耳朵里，大领主知道后发布了逮捕自己的命令。到这一步，巴尔萨是明白的。

但是，总有一种奇怪的感觉。

特意在酒馆的食物里面下药，大领主会做这么麻烦的事情吗？而且，为了让我不加戒备地去吃，甚至让门卫们都毫不知情地食用了……

但是，门卫们一倒地，士兵们突然就冲了进来却也是事实。

下药这么慎重的手段和士兵们闯入酒馆这么野蛮的手段——为了

抓自己一个人而制订不对劲儿的抓捕策略，巴尔萨感到毛骨悚然。

只要去敲寻找查格姆的那扇门，就一定会被门那一侧的人察觉。巴尔萨原本早有心理准备，只是在门的那一侧，似乎存在着什么复杂的、深不见底的东西，它大大超出了巴尔萨先前的想象。如果仅仅是斯安大领主藏匿了邻国太子的话，应该不会上演这样的抓捕情节。

在这个房间里的男人恐怕也站在“门的那一侧”吧。或许出于某种思虑，他提前抢走了即将落入大领主手中的自己。

巴尔萨感到后背一阵发冷。

至少有一件事是确定的，那就是查格姆还活着，而且这件事已经被很多人知道了……

男人似乎站了起来，脚步声正向自己靠近，发出类似手杖点地的声音。

影子落在了脸上。

“醒了吧？因为呼吸声和刚才的不一样。”

声音很深沉。巴尔萨睁开了眼睛，是在宝石商店擦肩而过的那个约格男人。他看上去二十七八岁，但又说不准，或许只是显得老成，其实要更加年轻。一张精悍的脸不免让人联想起刀剑，可那带有笑意的黑色眼睛，却又奇妙地给人柔和的感觉，极具吸引力。

看到男人手中拿着的东西，巴尔萨大吃一惊。男人微笑着稍稍提起长枪给她看。

“这是我潜入你住的旅馆拿回来的。自从在那家店里和你擦肩而过，我就想说不定……找到这个以后我就确信了。我很喜欢一首歌谣，歌谣里唱道：‘水精灵和查格姆太子的功勋。’一有机会，我就会听。”

男人用长枪的金属头咚地敲了一下地板，说道：“坎巴的女人，带着长枪，正在寻找查格姆太子。如此说来，就连孩子都知道你是谁了。是这样吧，巴尔萨？”

第二章

同伴中的敌人，敌人中的同伴

巴尔萨叹了一口气——事情变得真是有些微妙啊。

明明知道就是这个男人掳走查格姆并把他带去达鲁修，可自己却并不想就此弃他不管。巴尔萨听着夜间觅食的猫头鹰的振翅声和老鼠的哀号，出神地仰望着夜空。

1

同伴中的敌人

青雾山脉的群峰，山顶已被薄薄的白雪覆盖，到了黎明时分，村子里也落了白霜。可此刻，新约格王宫里的宫廷评议却气氛热烈、紧张。

国王扫视了一下表情凝重的重臣们，对拉多大将说道：“我们王国军的战略准备推进到什么程度了？”

拉多大将额头渗出了汗，向旁边觑了一眼。站在一旁的是他的弟弟——王国陆军副将加廖，正在待命。

很难想象加廖是拉多的兄弟，不论是身材还是性格，他和拉多都迥然不同。拉多常常脸红脖子粗地大声说话，好像是在威吓他人似的，而加廖总是把夹杂着些许白发的一头乌发梳得整整齐齐，体格看上去很健壮，声音和脸上几乎不流露自己的真实情感。

加廖哗啦哗啦地打开随身携带的卷轴，说道：“恕我冒昧直言。关于王国军的军备，由于我对陆军和海军都进行了细致的调整，请允许我来说明目前的情况。

“当知道桑加王国被达鲁修帝国背叛的时候，陛下和拉多大将制订的防御策略关键在于要塞的建造。在达鲁修帝国军进攻之前，从国境一直到京城，在敌军可能进攻的要冲建造要塞，阻止敌人进攻。

“比起进攻方，防御方所需兵力要少得多。如此考虑的确不失为一个好策略，但也存在一些问题。

“首先，虽说此法可以保护京城，但南部的粮仓地带恐怕会被达鲁修占领。

“其次，要在各个城镇建筑坚固的要塞，时间和人力都不够。如果考虑到长期作战，粮食就显得格外重要。不能过度征召农民而使农田荒弃。特别是如果失去了南边粮仓地带的收成，就不得不依靠中部和北部的收成。

“对于大臣们指出的这些问题，拉多大将是这样回答的：国之魂，在陛下。大家首先应该考虑，就算国家版图缩小，也要死守京城。他还说，要塞的建设，不需全都坚固。若人手、时间不够，其中一些可以虚设，目的是让敌人绕远路以拖延对京城的进攻。当然，如果情报被泄露给了达鲁修，那我们一定会输得很惨。所以他就主张我们必须严格实施锁国政策，既不能让外部的密探入境，也不能让内部的密探出境。于是，新约格边境的大门就这样被关上了。

“锁国政策实施一年多以来，京城附近的防御工事修筑工作进展迅速。如今，就连国境周围也已建起了要塞，民兵也被征集起来送到了全国各地。

“为了抵御外敌，新约格王国举国征兵，可就算是全国的民兵加起来，也抵不过已经集结在桑加半岛上的达鲁修帝国军的兵力。”

加廖语气平静地汇报着王国的军备状况，修加听得心中一阵阵发凉。

加廖不像他的兄长说话——譬如“王国军魂之力胜过贼军百倍”——那样夸饰，他只是陈述事实。正因如此，在场评议的大臣心里都清楚，王国的军队或许能够抵挡前两三次敌人的进攻，之后想必就只有被追着打的份儿了。

“据潜伏在桑加的密探报告，今年暴风雨多，达鲁修帝国还没能派大舰队前往桑加半岛。如此一来，首战可能就是驻扎在岛上的兵力，大约三万。对于此次在桑加国境线上的首战，我打算派民兵做先遣部队。”

一听这话，右大臣立马举起了手：“让农民、商人这些连剑都不会握的人当先遣部队，你这是要长敌人威风不成？”

加廖等右大臣把话说完，接着说道：“这正是我的计划。敌军从未与我们交过手，他们轻视我们。对手是民兵，敌军会越发地轻视我们，势必想一气攻破。这时，再让他们这支心浮气躁的军队和我们经过严格训练的新约格王国正规军对战。再说，就算是民兵，也毕竟是人。只要让他们操起剑、举起枪，总能够使对手身体疲惫，或者受些伤。本来民兵就是起这样的作用的。用民兵扰乱敌人的阵脚，鼓舞我军的士气，趁敌军还未缓过神来，我们正规军再上去给他们迎头痛击。”

右大臣恍然大悟地点着头，修加却一脸阴沉地看着加廖。

通过牺牲大量百姓赢得首战，究竟有什么意义？

如果是为了等待援军，如此作战还有些意义，可对于新约格王国来说，没有可以伸出援手的同伴。

时间对达鲁修更有利。达鲁修没有必要着急。他们可以一点儿一点儿地消耗新约格王国军，使其疲惫，等明年春天便可以派出大舰队。

可是对于新约格王国来说，既没有办法增加王国军的兵力，也没有办法让现有的士兵们休息。一旦开战，军队只会变得越来越弱。

在场的评议大臣们应该都意识到了这一点，但没有人站出来说话。

他们真的相信拉多大将的判断——攻击要塞需要数倍于防守方的兵力，只要能够坚持守住要塞，胜利迟早会到来吗？

然而，我们中间就有内奸。哪个要塞装备充分，哪个要塞是虚晃一枪，想必这些情报已经传到了达鲁修那里。

修加闭上了眼睛。

已经没有时间瞎耗了……这个念头萌生于心，逐渐扩散开来。

人生真是奇妙啊！平常总是不断努力、长时间思考，一步一步爬坡一样地构筑未来，可有时候，就像现在，又不得不在瞬间做出让自己的未来发生巨变的选择。

就算是这样，即使赌一把，也只能在此一刻了。已经没有犹豫的时间了。

修加抬起头，环顾聚集在此的国家要臣们。一瞬间，他和加廖四目相交。加廖若无其事地移开了视线，但不知为何，当发现加廖在注意自己时，修加内心不免产生了疑虑。

他难道已经觉察到自己要开口了吗？如果真的如此，他倒是一个超出自己想象的直觉准确的男人。

修加拿起放在一侧的卷轴，迅速面向国王说道："请恕我冒昧直言。"

被这声音一惊，评议大臣们全都抬起了头。国王凝视着修加点了点头以示默许。

修加的声音听上去十分透亮："我想说说天象呈现给我们的东西。"

国王的脸阴沉下来。

一时间，大家面面相觑。关于天象的信息，平常都是观星博士先传达给国王，再由国王来决定是否要把这个解释传达给众民。修加在今天这样的评议场合讲关于天象的事情，所有人都感到不甚妥当。

修加接着说道："我们观星博士的职责就是读懂天意，然后传达给陛下，以帮助陛下做出判断。如果此前陛下已经从加凯那里获知了天象，我就没有必要在这个场合说了……"

国王将视线投向了观星博士加凯，加凯满脸通红。他这两天一直跟在国王旁边，没有回星宫。修加看到了好时机，赶紧召开"观星之议"，让人制作了解读天象的卷轴。

修加一边看着身边的卷轴，一边留意着一言不发的加凯。国王一脸不悦，转向修加问道："出现了什么天象？"

修加一施礼，麻利地解开系卷轴的绳子。

"天象，正如您所知，不是靠一天两天来判断的。要将这半年、这一年还有这几年的天象叠加起来，根据其中的变化来解读。我等观星博士为竭力帮助陛下做出关于此次军事评议的判断，召开了解读星象的‘观星之议’。”

打开卷轴，修加将在群青颜色的纸上用金粉描绘的精美天象图展示给国王，说道：“详细情况一会儿再说，我等观星博士得出的结论是：现在的天象很明显是‘生成转变之象’。”

评议席一下子喧闹起来。

国王皱着眉头，凝视着修加，意在询问真意。

“在我国即将遭遇外敌侵袭之时，上天显示‘生成转变之象’，原本就是当然的事情。可我为何要特意在这个时候说？”修加微微地闭了下眼睛，用坚定的语气说道，“自古以来大家就认为‘生成转变之象’显示着两种相反的未来：一个是新事物诞生的吉兆，另一个是旧事物灭亡的凶兆。”

这句话如同鞭子一样鞭笞着大家。喧闹声停了下来，众臣都倒吸了一口凉气，看着修加。

“要给国民怎样的未来，这取决于陛下的决定。”

修加的脸庞因紧张而显得有些苍白，可眼睛里却充满了热切的光。

评议的大臣们突然领悟到了，这个年轻、面容端正的青年赌上了自己的一切在向国王进言。

“百姓的血浸透这神圣的大地，悲哀的声音充斥着整个国家，请不要给我们这样的未来。我坚信，陛下一定会引领我们走上幸福吉祥之路。”

良久，国王什么也没说，只是紧紧地盯着年轻的观星博士。而修加也不再垂下眼帘，而是抬头直直地看着国王。看着看着，国王不由得怒上心头，说道："你的意思是……不打仗？"

修加丝毫没有让步，回答道："我只是见习圣导师，没有资格向您进言。陛下您完全清楚这个国家现在面临的境况。如果作战，您也一定知道会发生什么，以及再之后会发生什么。我只是期望陛下能够做出一个好的选择。"

恢复了安静的评议席上，突然响起衣服摩擦的声音。

国王从御座上站了起来。事出意外，大家目瞪口呆地抬头看着国王。

"你们……是怕死了吗？"国王的视线从修加身上移开，他环视着在座的评议大臣们，用沙哑的声音说道，"正是因为厌恶那如同野兽般相互残杀、吞食的南方诸国之污秽行径，我们的祖先才千里迢迢来到这北方大陆。迄今，我们难道不是一直不与他国争斗，顺应天神的指引建设着这个圣洁的国家吗？虽然小，但是也仓廪充实……我们是顺应天理而存于世上的、如同白玉一般纯洁的国家！"

国王的眼中涌出了泪水，评议大臣们一言不发，静静地凝视着。向来镇定从容的国王，此刻似乎难以抑制内心的激荡，声音微微有些颤抖："我从心底信任守护我们的天神。难道会有抛弃一直遵从指示、纯洁活着的孩子的父母吗？天神……一定会来拯救我们。"

国王没有拭去脸上纵横的泪水，而是再次环顾评议大臣们："你们怕死吗？你们讨厌相信天神、一直战斗到只剩下最后一人的士兵吗？你们难道要因爱惜自己的生命而跪倒在那污秽贪婪的敌人面前，将这个生养你们的国家、这个无法替代的国家拱手送到他们污秽的手中吗？”

不知不觉间，评议大臣们的眼里也涌出泪水，那手握权力、成天忙于政治斗争的大臣、近卫长以及军队大将们的脸颊也都被泪水沾湿了。

“主上……主上……”

左大臣声音哽咽地说道：“我们从心底里爱着……这被天神和国王守护的国家。这里没有因贪生怕死而将国家拱手让给敌人的懦夫。”

拉多大将也深受感动地站了起来，他仿佛是在喊叫：“我们会战斗到只剩最后一个士兵，一直一直战斗到底！让那污秽的达鲁修，还有那叛徒桑加都好好看看，我们是受天神庇护的纯洁军队！”

修加闭上眼睛静静地听着这此起彼伏的赞同声。

待兴奋的声音渐渐平复后，国王缓缓地说道：“我要……给这个国家……带来最纯洁的未来。请一定……相信我！”

评议大臣们立刻伏地磕头。

评议结束后，大家走在昏暗的宫殿走廊上，继续讨论着刚才的话题，但没有一个人跟修加搭话。

“供奉天神的观星博士说出那种话来，真是让人难以理解……”

有人小声道出不满，也有人同情地看着修加，但大多数评议大臣都认为修加亲手葬送了自己的未来。

然而，当事人修加走在走廊上，心里想着的却是别的事情。

就凭那……足以作为诱饵吗?

待刚转过弯要走进通往星宫的走廊时，修加感觉到有人正从后面快速地靠近自己。

修加回身，只见胸前抱着卷轴的加廖轻轻地跟自己点了点头，然后便装作擦肩而过的样子，压低了嗓门儿说道:“我有话跟你说。明天黎明时刻，请到祈祷堂后面。”修加感到浑身一颤。难道，加廖副将他……

自己不惜付出生命代价撒下的诱饵，终于有人上钩了。修加呆呆地注视着这个迅速离去的背影。

晨露润湿了树丛，空气中飘散着树皮的清香。

修加接过其他观星博士的早祷工作，他在祈祷堂里为天神奉上圣水后，跪下来潜心祈祷。

祈祷堂里并没有神像，只是中央有一个土堆。一束晨光透过屋顶中央开着的六角形天窗，倾泻在土堆上。

天地相交之处，生命孕育而生。神、人还有生物，这世上的一切原本就是如此。虽然朴素，却是不可侵犯的神圣的真理。看着泛着白光的土堆，修加在心里如此想到。

这里有神圣的东西，这里，还有这世上的一切。

修加缓缓站起身，将视线投向国王寝宫所在的方向。良久，修加毅然背过身，走出了祈祷堂。

祈祷堂的后面是一座大假山。

离杂工们到来的时间还早，假山四周的空气十分清新。

看见修加的身影，靠在假山岩石上的男人直起了身子。

没有带任何随从、只在腰间别着短剑的加廖和昨天评议会上的他看起来十分不同。他在评议会上就像一根冰柱子，现在却给人一种心直口快的感觉。加廖应该已年过五十，但衰老的印记只有那夹杂的白发，比起兄长拉多大将显得年轻很多。

说起来，这好像还是第一次看到没有穿王国军装的加廖副将。修加在心里嘀咕。

“来了？”加廖微笑着说道，“想必你已经猜到为什么劳烦你来了吧。”

修加一歪头，回答道：“这个嘛，我倒是有几分自己的猜测。”

加廖点了点头，压低了声音。

假山上种的树木稀疏，视线很好。只要留心没有人躲在祈祷堂的暗处偷听就行。

“查格姆太子殿下知道这个宫廷里有和达鲁修帝国勾结的内奸。想必他用文书或者其他方式告诉了你，否则，你也不会在我们身边刺探。”

原来如此，加廖注意到了啊……想必他对自己有印象，所以才觉察了的吧。

加廖的笑声越发大了起来：“查格姆太子殿下果真英明啊！只可惜，他还是太年轻，做着幼稚的梦，想改变这个国家的结局。殿下如果能够老实回来的话，或许有些事情会进展得更快……”

修加小声地问道："你说的这个国家的结局……是成为达鲁修帝国的附属国吗？"

"当然。"

听到这个过于明了的回答，修加狠狠地盯着加廖。加廖一撇嘴，说道："作为王国的陆军副将，我的兄长又是下一任国王的外祖父，我为何要趁查格姆太子不在之际暗通敌国？这……不可思议吧？"

"嗯。"

加廖的眼睛里有着安静的刀剑般的光芒。

"正因为我处在这样的立场，我既能知道国内的军情，也能得到他国的第一手情报，所以我比谁都更早地预见了我们国家的灭顶之灾。"

加廖紧盯着修加继续说道："很早，你就开始利用商人收集达鲁修和桑加的情报，对此我一直都在关注。你和我都关注着同样的东西。"

修加一言不发，只是听着加廖的话。加廖终于移开了视线，看着清晨照在树丛中的白色阳光，说道："这个国家正处在灭亡的边缘。"

加廖的目光重新回到修加身上，两个人默默地互相注视了一会儿。

"你……不相信天神的加护吗？"修加小声嘟囔道。

加廖歪着头反问道："你呢？"

修加没有回答，加廖似乎也并不在意，继续说道："天神的确在看着这个世界。无论是大雨引起山崩地裂带来的死亡，还是丑陋的贪欲引发的杀人带来的死亡，天神都在看着。我，尽管相信天神，但我不会像兄长那样，相信最后奇迹会发生，相信我们会得救这种好事。想必你也是如此，否则，昨天你也不会说出那样的话。”

修加大为震惊地盯着加廖。没想到这个总是跟在兄长后面、几乎不发表自己意见的人，竟然有这么深刻的想法。

加廖笑了：“神圣的东西，似乎不能近距离细看。我服侍先王和当今陛下比你要多出三十年。再说，一想到我那个侄女……像极了我那肤浅而性急的兄长的侄女，她生下的孩子，迟早会成为国王，我就觉得那神圣的光辉也终将变得暗淡。”

修加冷不丁脱口而出：“你真是一个心直口快的人啊，以前不知道。”

加廖耸耸肩：“因为是对你，所以我才如此率直。”

“因为我让国王不高兴而失势？”

加廖笑了出来：“正因为是你，我才如此率直。不过，就算是你说的那样吧。也许你昨天的发言是给我下的圈套，但失礼地说，以你现在的处境，圣导师病倒了，查格姆太子殿下又不在，你已经被排挤了。就算你向陛下告发我，想必他也会更愿意听信我的话吧。”

收敛了笑容，加廖看着修加又说：“修加，你……难道不想拯救国家和百姓于灭亡的边缘吗？成为属国绝不等同于国家灭亡。请看看桑加，看看他们那强硬的作风，他们成为属国后比以前更加富足。我们现在应该考虑的，不是战斗到最后一刻这种无聊的事情，而是如何让达鲁修帝国看到我们的价值，如何以更有利的条件成为属国。”

修加嘟囔道：“为此，我们就要把国家的灵魂拱手献给达鲁修吗？”

加廖缓缓地摇头，说道：“不只有他才是国家的灵魂，我侄女的儿子也是。”

修加冷冷地说道：“是吗？昨天你看到了大臣们的眼泪吧，他可是有着让那些坚强之人情不自禁流下眼泪的力量。国家的灵魂，存在于道理之外。”

加廖深深地点了点头：“正因如此，修加，你才格外重要。从此以后，唯有你能让人们接受一个观念，那就是从今往后发生的大变动，既不是谋反，也不是灭亡，而是上天描绘的一幅指引人们踏上幸福之路的蓝图。我不是让你蒙骗大家。在你昨天打开星图展示给大家的时候，我就在想这正是上天的旨意啊。‘生成转变之象’——旧事物灭亡，新事物生成，这个国家要得救了。”

加廖继续平静地说道：“国王和兄长的做法会让最后一名士兵都被残杀，最终让这个国家沦为达鲁修的奴隶。而我，是要让国王的血脉、国家的灵魂留存下来，依旧保留这个国家的形态。你觉得究竟哪一种才是真正为国家考虑呢？”

修加低下头陷入了沉思。

小鸟聚集在头顶的树枝上，澄澈的空气中回转着鸟鸣声。

看着朝阳照亮了沉默的修加的侧脸，加廖好像突然想到了什么，说道：“莫非……你对和罗塔王国结盟的事抱有希望？查格姆太子殿下之前也说起过，但和罗塔结盟这种事是不可能的。”

修加眨了眨眼："是吗？"

"是的，不可能。真可惜啊。"加廖露出苦笑，继续说道，"罗塔王国也并非磐石。你知道，一有机会，南部的大领主们就策划着更换国王。这是从达鲁修的密探那里得到的消息，他们南部的大领主们好像很早之前就跟达鲁修帝国串通了。"

修加一下子感到皮肤发冷："你说什么？"

加廖的笑容更深了："尽管罗塔南部的大领主们凭借着肥沃的农地获得了丰厚的收益，凭借着南部大陆的海运又获得了大量的财富，但是达鲁修帝国好像以更有利可图的交易来取代桑加王国和大领主们的交易作为诱饵，拉拢了他们。譬如支配着南部最大港口城市茨拉姆的斯安大领主似乎就和达鲁修帝国的大王子有着密切联系。"

修加皱起了眉头："不是和二王子拉乌鲁？"

加廖点了点头："听说不是和拥有优先攻打我国权力的拉乌鲁王子，而是和他的兄长哈扎鲁王子。被弟弟夺去了攻打新约格王国优先权的哈扎鲁王子瞄准了罗塔王国，以图谋挽回名誉吧。"

接着，加廖又用讽刺的语气说道："兄弟之间似乎正在竞争，看是弟弟先攻打我们新约格王国还是兄长先攻打罗塔王国。"

修加冷冷地说道："你是被当作了兄弟之争的工具吧？"

加廖不但没有生气，反而好像早已料想到修加会说这样的话，脸上泛起了笑容。

"如果是为了拯救这个国家，道具也好，其他也罢，我都无所谓。如果能够让拉乌鲁王子知道我是有用的道具，我将来也能得到支持引导这个国家。这比起尊严来说重要得多。”

修加看着微笑的加廖，心里嘟囔道：“原来如此，这个男人不仅准备杀了国王，就连兄弟也准备一起杀了。这样一来，当新约格王国变成附属国的时候，他就可以作为太子监护人手握大权。”

加廖的这个念头丑恶吗？修加并不这么认为。他想要引领这个国家走向未来，而不是听天由命，这是一种可以拯救这个处在灭亡边缘的国家的办法。

修加盯着加廖的眼睛，说道：“罗塔南部的大领主们将国家出卖给敌人，一旦罗塔王国变成附属国，他们也是准备掌握附属国的政权吧。”

加廖淡定地点点头：“是啊，家臣们也都盯着罗塔王的这颗脑袋，而且还都是实际掌握着半个国家的大领主们。罗塔王国说不定会比我们国家更早变成附属国呢。”

不知不觉间太阳已升得很高。刚才还闪闪发光的晨霜融化后润湿了地面，空气中弥漫着一股潮湿的泥土气息。

被这清晨假山周边的气息包裹，修加呆呆地站立着。

查格姆殿下……他梦想着和罗塔王国结盟，跳入海中。少年的不幸太令人哀伤，那残存的些许希望也正在远去。

修加心情沉重地凝视着前方清晰浮现出的一条不得不走的路，那条路上不再有透亮的光，而是充满了血腥的气味。

2

奇妙的敌人

“比想象的……可重多了。”男人晃晃悠悠地摇着长枪说道。

巴尔萨默默地看着他，心里计算着一跳起来就能夺回长枪的距离，可惜现在浑身发麻，只能干着急。

“你是谁？为什么要帮我？”

听见问话，男人轻轻地把枪尖抵在地板上，低头看着巴尔萨说道：“我叫阿拉尤坦·休戈。帮你的理由……太过复杂了，一两句话说不清楚。”

说罢，这个叫休戈的男人拿起长枪走到门边，将门上了锁。

巴尔萨皱起了眉头。

为什么从里面……

休戈将长枪靠在门上，从里头的饭桌上拿了什么东西回来后，拖过床边的椅子坐了下来，将手中的香烟叼在嘴里，美美地抽了起来。

“这样就不会有人来打扰了。我慢慢说吧。”看着巴尔萨的表情，休戈说道。

“打你后脑勺的那个男人是个好人，不过就是有个毛病——太过担心我。他遇见我的时候我才十七岁，所以他一直把我当小孩看。真是恼人啊。”

他随意的语气就好像是在和一个老朋友讲话。

巴尔萨只管直直地盯着这个男人。

不搞清楚这个男人是谁，就不知道他想要干什么。现在男人手里握着所有的牌，巴尔萨手里什么都没有。她想要拿到搞清对手真面目、打探到对手真实想法的一张牌。

巴尔萨小声说道：“你的口音……有些奇怪啊。”

休戈嘴角浮现出笑意：“要我说，奇怪的是北方约格人的口音啊。”

巴尔萨一惊：“你是南方……”

休戈点点头：“我的故乡，是南方大陆的约格王国。已经被达鲁修帝国毁灭，现在成了附属国。”

巴尔萨感觉到背脊阵阵发凉。

这家伙，真的是达鲁修的爪牙吗……

好像觉察到了巴尔萨内心的想法，休戈说道：“在茨拉姆港，到处都有达鲁修的密探。斯安大领主的儿子得到了珍贵的塔尔法头饰，这一传言就好像狼烟升起一般。”

巴尔萨一言不发地听着。为什么要告诉自己这些事情？巴尔萨不明白男人的用意。男人继续说道：“查格姆太子殿下投海的事情，船一到桑加半岛，就通过信鹰传到了各地。听到这个事情的时候……我感到一阵心寒。当时就想，查格姆殿下难道选择了这样的结局吗？”

休戈紧紧地盯着巴尔萨，说道："他曾经试图自杀，就在我面前。"

巴尔萨不自觉地屏气盯着这个男人。

这个男人……究竟是什么人？

这个问题在巴尔萨的脑袋里不断膨胀，头都疼了起来。

休戈依然定睛看着巴尔萨，继续说道："聪明是聪明，就是有些方面太过单纯了啊！我原以为他是不想背叛百姓对他的信任，所以选择舍弃自己的生命。"

他的声音听上去有一点点嘶哑。休戈低下头沉默了片刻，但随后脸上便浮现出些许笑意，开口说道："不过，他没那么弱啊。他是个不可思议的人。由于太过单纯，看上去好像不知在哪里就会早逝……可他没有。他的心底有着强大的东西……"

突然，巴尔萨打断了休戈的话："适可而止吧！"

休戈惊讶地抬起头："啊？"

"你是达鲁修的密探吧？对我而言，毫无疑问就是敌人。我现在就好像在听敌人滔滔不绝地跟我讲自己正在观看的戏剧，讲那台前幕后的八卦，而且，还假装亲密地把手搭在我的肩上。我为什么要听你讲这些鬼话？"

休戈缓缓地用手搓了搓脸："对呀，你说得对。"

休戈摸着下巴想了一会儿，终于说道："我的确是达鲁修的密探，对你来说是敌人。可事情也有不那么黑白分明的地方，所以我才这样跟你讲话。如果让你感觉到不快，我在此道歉。"

"我并不是……要你道歉。"巴尔萨声音很低，"你刚才说到帮我的理由非常复杂。如果说有敌我难分的部分，能不能先从这里开始说起？如果不搞清楚彼此的立场，是没办法说到事情的根本上去的。”

休戈苦笑道：“你说得对。”随后，休戈便一脸严肃地讲了起来，“刚才我说了，在这个茨拉姆港到处都有达鲁修的密探。简单来说，就算是达鲁修的密探内部也有敌我之分。”

“在达鲁修的内部？”

“是的。达鲁修皇帝的长子哈扎鲁王子和二儿子拉乌鲁王子的手下，都在使劲儿琢磨对方，相互使绊子。”休戈露出了一丝笑意，接着又补充道，“顺便说一下，我是拉乌鲁王子的手下，按达鲁修的说法就是‘北翼’的家臣；哈扎鲁王子的密探是‘南翼’的家臣。对你使用麻药的是‘南翼’的密探。”

事出巴尔萨的意料，休戈却说得相当轻松。巴尔萨不免皱起了眉头：“你说……什么？”

“你被认为是我们的同伴——‘北翼’的密探。唉，也难怪‘南翼’的家伙会这么想。如果有一个可疑的女人在向斯安大领主的门卫们巧妙地打听查格姆太子的事情，换作谁都会首先怀疑是对方的密探。”休戈笑了起来，“因为我去救你这件事，‘南翼’的那些家伙大概已经认定了你是‘北翼’的密探。”

巴尔萨不禁嘟囔道：“可是，来抓我的士兵是斯安大领主的人啊。”

休戈将烟头在手心里一摁，熄灭了火，说道：“斯安大领主串通达鲁修帝国，已经两年了。”

巴尔萨一下子睁大了眼睛，脑海里突然浮现出在曾因帮助阿思拉而卷入罗塔王国内部阴谋时看到、听到的一切。这么说，南部的大领主们正在伺机制造骚乱啊……

休戈继续淡淡地说道：“哈扎鲁王子一知道弟弟正伺机进攻新约格王国，便将目光转向了罗塔王国。南部的大领主们对于罗塔王的统治很不满。哈扎鲁王子就是瞅准了这一点，对他们提出和达鲁修直接贸易的提议。这样比起经由桑加贸易，大领主们更有利可图。斯安大领主也尝到了甜头，背着罗塔王储备了大量兵器，加强南部大领主之间的秘密同盟。以达鲁修帝国的力量作为后盾，他们蓄谋废掉罗塔王，将罗塔变成达鲁修帝国的附属国，然后自己取得附属国的统治权。”

如同雾霭散去一般，巴尔萨感觉自己渐渐看清了状况。

原来如此……她明白了这个男人所说的难分黑白的意思。这个男人是站在拉乌鲁王子一边的，他不想让拉乌鲁王子的兄长哈扎鲁王子夺去占领罗塔的功劳。

虽然知道了这些，可巴尔萨觉得寒意不但没有消退，反而好像越发浓重。

如果斯安大领主与达鲁修串通一气的话，那查格姆王子简直就是在叩一扇荒谬的门……

看着脸色惨白的巴尔萨，休戈说道：“斯安可能已经从‘南翼’的密探那里听说了儿子得到的塔尔法头饰有着怎样的意义。当流言的中心人物查格姆殿下出现在自家城堡门口的时候，想必他很是惊讶。”

巴尔萨就像是在自言自语：“就裹了一层拉夏洛的缠腰布，门卫怎么会轻易地放他进去呢？”

“我听说门卫一开始是想把他赶出来的。但是，当查格姆殿下还在门口的时候，好像斯安大领主的儿子正好经过那里。他相当精明，对达鲁修的态度似乎比他父亲还要积极。另外，不凑巧的事都撞到了一起。他出席过桑加国王的即位仪式，想必一定见过查格姆殿下。和那时候相比，虽说形象改变了很多，但如若查格姆殿下报出自己的名字，他应该是认得出的。”

说毕，休戈就好像突然想起了什么似的，问巴尔萨：“我听说殿下当时是一身渔夫打扮，难道殿下当时缠着拉夏洛的裹腰布？”

巴尔萨没有回答，休戈似乎也并不在意。他继续说道：“看来殿下对船上做菜的大娘很满意，大概也是想到坐拉夏洛人的普通渔船要比坐桑加人的船安全吧。”

“做菜的大娘？”巴尔萨条件反射地反问道。

休戈微笑着说道：“查格姆殿下到南边大陆去时，船上做饭的大娘就是拉夏洛人。”

一听此话，巴尔萨立刻感到似乎有光划过脑海。几个片段组合在一起，立刻变成了一幅画面。

巴尔萨突然向休戈投去箭一般的目光：“难道……你……就是掳走那孩子的密探？”

休戈眼中的笑意消失了，他耸了耸肩，说道：“是的，是我掳走了殿下。”

说完这话，休戈闭上嘴陷入了沉默。

啪……蜡烛发出声响，火苗摇曳着。

休戈正要再开口，有人拽门的声音响了起来，紧接着，一阵吵闹声就传了进来：“干吗呢？怎么锁着门？喂——开门！”

是那个小个子咒术师的声音。

休戈扬了扬眉，冲巴尔萨笑了笑：“真是时候啊，搅局的来了。”

说完他站了起来，朝门的方向走去，同时回过头来说道：“我还有一些话必须跟你说。你可能想杀了我，不过还是听完了再动手吧。”

轻松地说完这句话，休戈打开了门。

“你……”

咒术师一进门，看见巴尔萨便咆哮起来，休戈按住了他，说：“我正等你呢，咱们到外面去说。”

休戈一手扶在门上，对巴尔萨说道：“身体的麻木可能会一直持续到今天晚上。回头我找个女的过来照顾你。”

说完，休戈一反手关上门出去了。咔嗒一声，门外传来了上锁的声音。

巴尔萨愣愣地盯着昏暗的房间里的墙壁。

查格姆在斯安的城堡里吗？斯安如果已经和达鲁修串通，就绝不可能把查格姆送到罗塔国王那里。查格姆一定是被软禁了。

但斯安也不会轻易杀了他。在与新约格王国剑拔弩张的这个时候，对于达鲁修来说，查格姆应该还是一个有利用价值的重要人物。

想到这里，巴尔萨紧紧地闭上了眼睛。

查格姆被追杀以至于到了想要自杀的程度，这些话就像刺一样扎在巴尔萨心上。

历经千辛万苦到了这里，却又落到了达鲁修的手上……

怒火宛如被煅烧的坚硬结晶体，在巴尔萨胸中冒着炽热的白气。

袭击

漫长的一天过去了。

巴尔萨的四肢终于可以慢慢动弹了。她在床上来回做着伸展动作，试图尽快消除身体的麻木。

除了目光谨慎的年轻女子会来照料之外，休戈和咒术师都再也没有来过。

在经历了几次失败之后，巴尔萨终于用背抵着墙，一点点勉强直起了上半身。

这里是仓库?

小小的房间里没有窗户，真是个煞风景的房间。除了对面桌子上和房间一角搁放的蜡烛的光，没有其他光线，但是巴尔萨注意到地板上有面粉袋之类的痕迹。这里果然是仓库，想必是拾掇了一下堆积的面粉袋便成了她的住处。墙是由石头砌成的，脊背靠上去感觉冰凉。

波浪拍打河岸的哗哗声不断传来，房间里安静极了。巴尔萨把头靠在墙上，倾听着水声。

突然，不知从哪里传来门被击打的巨响，巴尔萨一惊，把头从墙上缩了回来。

紧接着，传来慌乱的脚步声和人们的叫喊声。各种声音纷杂而至，巴尔萨甚至还听到了惨叫声。

受到袭击了吗？

那个男人说过有敌人。如果这里是藏匿点的话，可能是被敌人发现而遭到袭击了。

巴尔萨皱起了眉头。隐约有烟味飘进来。

被纵火了啊……

混战的声音渐渐大了起来，巴尔萨想从床上下来。可尽管身体可以动弹了，但手脚依然麻木，使不上劲儿。

这么下去就只能等着被烧死了。

巴尔萨将身体探出去，从床边滚到了地板上。砰的一下，仿佛牙齿都受到了强烈冲击。由于脖子使不上劲儿，脑袋直接磕在了地上。

“可恶！”

靠胳膊肘支撑着身体，巴尔萨匍匐着一点点靠近竖靠在墙边的长枪。她心想，如果能用长枪支撑身体的话，就可以用身体撞门。多撞几次，没准儿就能把锁头弄坏。虽然希望不大，但也只能这么做了。

烟从门下涌了进来，就像是一个什么生物翻滚着蔓延开来。巴尔萨剧烈地咳嗽起来，嗓子和胸口感觉针扎一般地疼。

巴尔萨刚刚摸到长枪，突然一阵慌乱的脚步声从外面传来，门一下子被踢开了，猛地一弹，门角撞在了巴尔萨肩上，巴尔萨疼得叫出了声。

“你……怎么在这里？”

休戈声音中带着惊恐，一屈膝，把巴尔萨扶了起来。

“喂！别管那女的了！”

外面有人在气愤地大喊，休戈回道：“你先走！老地方见！”

说着，休戈一脚踹去，把门关上了。

休戈把巴尔萨放在桌子上，然后双手抱起床并将它竖靠在墙上。

床被移开后，地板上出现了一个方形的盖。休戈一提起盖，一阵清风便吹进了烟雾缭绕的房间。巴尔萨看见了一个空旷而黑暗的通道，她猜想这通道可能是把仓库的货物搬到运河上用的。

休戈正下着台阶，巴尔萨对着他的背影开了口：“你一直……都在考虑会有偷袭的事情吧。”

休戈回过头微微一笑，将手中的短剑一挥。接着，他敏捷地顺着阶梯往下走。

下面响起了沉闷的混战声。随着弓弦的声音响起，休戈发出了呻吟声。继而，刀刃相接的声音和喊叫声接连不断地传来。

虽然地道的门打开着，屋里的烟雾还是越来越浓，巴尔萨感觉呼吸困难。她拿起枪趴到地板上，爬到地道口，往下探便能看到下面的情形。

长满了潮湿苔藓的石块支撑着水路的堤坝。远处是起伏的黑水，一个脸朝下的男人漂浮在水上，被水波缓缓地推着，渐渐远去。

休戈坐在阶梯上，腿上中了箭。

“受伤了？”

听到声音，休戈回过身，抬起头。汗涔涔的脸上，一双黑色的眼眸闪闪发光。

“腿……稍微受了点儿伤。不要紧。”

“最好不要拔出来。”

一听这话，休戈有些不耐烦地耸了耸肩：“知道。我只是要把箭羽折了。”

休戈一咬牙，折断了深深插入腿部的箭。巴尔萨坐在台阶上，一级一级地滑了下去。

走近一看，休戈的伤并不止一处，侧腹也有血不断渗出。

面前流淌的并不是运河，而是一条大河，这是霍拉河。从这里既看不到街市也看不到河口，可能距离港口有相当远的距离。河的两岸只有小小的仓库排列着，没有灯亮着，一片昏暗。

除了水上浮着的男人，还有一个人倒在堤坝上纹丝不动，生死不明。看着他的身体，巴尔萨皱起了眉头。若说是成年人，那身材就太矮小了。他手中所握的也不是长弓，而是短弓，巴尔萨好像曾经见过这样的弓箭。

休戈喘着粗气，凝视着河的方向。在袭击者的遗体旁，无人的小船正慢慢地朝河口方向漂去。

看着这情景，休戈不禁嘟哝起来：“这里的袭击者是解决掉了，可路上究竟有多少敌人还真不知道。凭我现在这条腿，是没法背着你战斗了。”

巴尔萨笑笑：“不用管我，我自己会想办法的。”

胡乱地抹了把汗，休戈苦笑着说：“这可不行，你死了就麻烦了。”

然后，他又一次把目光投向小船：“要是能坐上那条小船就好了……”

不知道是袭击者们的船还是用来运输的船，它看起来非常结实，而且距离河岸也还不远。

可是，巴尔萨的身体还不能自如活动，休戈的腿和侧腹也受了重伤，要想游过去抓住船再爬上去好像不大现实。

火势越来越大，发出巨大的声响。注意到火势，慢慢有人聚集到河两岸来。

这个燃烧的仓库有一部分地板延伸到河上，靠粗壮的石砌柱子支撑着。巴尔萨他们就在这地板的下方，路人不大容易察觉，但要是他们一直待着不动的话，难免会被袭击者们发现。

如果要逃，就得抓紧了。

“我有一个主意……你来帮我。”

说着，巴尔萨扭着身子把手臂从袖子缩进了上衣里，用胳膊使劲儿一撑，上衣的接缝就开了。

对着一脸茫然的休戈，巴尔萨喊道：“快！我手指动不了。把我腰上的绳子取下来。”

巴尔萨总是在腰间隔着内衣一圈一圈地缠着绳子。这样就算腹部被刺中，刀剑也不会刺得太深，而且遇到紧急情况绳子还能派上用场。

休戈默默地掀开巴尔萨的衣服，解下了她缠在腰间的绳子。

“绳子的头上带着钩子，把它挂在长枪的金属头上，这样长枪就能当带着绳子的鱼叉用了。”

休戈的眼中流露出赞许的目光。

接下来，一切都非常迅速。休戈将钩子紧紧地挂在长枪头上，站在岸上瞄准后，朝小船掷出了长枪。

稍微偏离了一点儿目标，长枪并没有刺中船身，但还是扎中了小船水下的什么部位，一拉绳子手感非常沉重。小船慢慢地改变了方向。

休戈咬紧牙关，以自己的身体为轴，顺着水流划着弧线将小船拉向岸边。

听到小船碰到河岸的声音，巴尔萨开口说道：“把绳子放地上吧，我把它压在身体下面。”

休戈点点头，将绳子一端交给了巴尔萨，自己拖着左腿向小船走去。

4

小船之夜

小船里堆着用来装小麦的空口袋。

巴尔萨和休戈爬进小船就躲到了空口袋下面，任凭小船漂流。可能会一直漂入海中，但是比被袭击者发现强很多。现在只能听天由命了。

小船缓缓地顺流而下。

休戈横躺在小船近岸的一侧，用手稍稍抬起一点儿袋子，观察岸上的情况。

“距离河口还有多远？”巴尔萨小声问。

休戈也小声回答道：“大约三十分钟的路程吧。到达河口之前应该还有几条支流，到那里以后，就是绵延不绝的芦苇荡了。”

说了这些，休戈就又闭上嘴，紧紧盯着河岸。

不久，休戈的身体微微一动。

“那边……有支流。能把身体往这边移一移吗？”

巴尔萨点点头，她将身体一点点地移动，同时感受着船的动向。

在水流和船的倾斜作用下，船的方向发生了改变。

“把头稍微再往前移一点儿……”休戈小声说道。

巴尔萨靠近休戈，血腥味扑面而来。他的身体滚烫，他开始发烧了。

船的方向慢慢发生了改变，船头向左侧拐去。一进入狭窄的支流，两旁的水草便摩擦着船身发出沙沙的声音。不久，好像是被芦苇缠住了，船停了下来。

除了水流拍打船头的噗噗声和风吹过芦苇的嘈杂声，再没有其他声响。弦月流泻下清冷明亮的光，而每当有云彩飘过，天地又晦暗下来。

巴尔萨和休戈疲惫地躺在船上，一动不动。休戈的呼吸声很重，绷紧的神经一旦放松下来，疼痛就明显加剧了。

岸上有微弱的声音传来，那是动物奔跑的声音。

休戈正要抬头，巴尔萨轻轻用身体阻止了他。

有一条大狗在岸上走来走去，穿行在草丛之中嗅着各种气味。狗或许是察觉到休戈的血腥味，它抬起头望着这边。

巴尔萨憋着气紧紧盯着狗的影子。

过了一会儿，狗突然低下头，又嗅着走开了。

“可能……被发现了。”巴尔萨嘟囔道。

休戈喘着粗气回答道：“如果是猎犬，肯定就吠叫着通知主人了。”

巴尔萨摩挲着终于开始恢复知觉的胳膊：“在罗塔，有些咒术师可以借野兽的眼睛观察事物，说不定有人已经通过那只狗的眼睛看到了我们。”

巴尔萨低头看着休戈：“你知道袭击我们的人的底细吗？”

休戈小声地回答：“不是‘南翼’的人……净是矮小的罗塔人，可能是罗塔王国的密探。我听说过有这样的咒术师。”

巴尔萨小声说道：“难道是‘猎犬’卡夏鲁吗？”

“卡夏鲁？”

休戈突然痛苦地咳嗽起来，都怪吸入了太多浓烟。巴尔萨的喉咙这时也感觉到灼烧般的疼痛。河水不经煮沸就用来饮用非常危险，可现在已不能在意那么多了。巴尔萨轻轻地伸出手，用手掌掬起水往休戈的嘴边送去。因为颤抖，大部分的水都洒了，但反复了几次，他终于喝到一点儿。

巴尔萨也喝了水。尽管水带着泥土和草的味道，但是好歹让疼痛稍稍缓和了一些。

即使那只狗是卡夏鲁的眼睛，现在他们也无法动弹。就是上了岸，凭着这样的身体状况，也会马上被追上。

巴尔萨的声音听上去有些嘶哑：“卡夏鲁是为罗塔王效力的咒术师，他们擅长搜寻和追踪。如果他们成了敌人，那会是非常可怕的对手。”

卡夏鲁追踪能力的恐怖，巴尔萨深有体会。但是对于巴尔萨来说，他们不一定是敌人。她和头领斯发鲁之间的关系可以说非常亲密。

但是，外人对于卡夏鲁这个组织却知之甚少。

比如斯发鲁的女儿西哈娜为了要给罗塔国王的弟弟伊翰神的力量，背叛了父亲，驱使着大量手下。计划失败后西哈娜逃跑了，但是似乎依然有大量的卡夏鲁追随她。

不知道在那之后斯发鲁有没有找到这个女儿。这个女人不会善罢甘休，没准现在还带领着一大帮手下在某个地方策划着什么呢。

但是，尽管内部有着分歧，卡夏鲁都是以命来保护罗塔国王的人。对他们来说，正谋划造反的南部大领主和教唆他们的达鲁修密探无疑都是无法原谅的敌人。

休戈好像小声说了什么，巴尔萨从沉思中回过神儿来："嗯？"

"查格姆殿下……好像已经不在斯安的城堡里了。"

巴尔萨一惊，看着休戈："你说什么？"

"混在'南翼'密探中的伙伴告诉我的。他说'南翼'那帮家伙乱成一团，好像是谁暗中指引，让查格姆逃跑了。"

休戈突然皱起眉，咬紧牙关。

巴尔萨低声说道："做点儿处理比较好。"

"是啊……"

解下皮带，敞开前襟，休戈撕破了内衣的两只袖子。接着，他把一只袖子叠起来按在侧腹的伤口上。巴尔萨按着布的时候，休戈把皮带向上挪，拉紧以固定住布。

巴尔萨解下缠在手腕上的皮绳，递给休戈。休戈将皮绳绑在左大腿根，然后抓住深深插在腿上的箭。

"等等。"巴尔萨按了按休戈的腿，以确认箭的位置，"现在……

可以拔了。”

休戈点点头，深吸一口气，咬紧牙，然后一使劲儿将箭拔了出来。

血喷涌出来，但并不骇人。休戈将刚刚扯下来的另一只袖子用力拧紧，绑在伤口上。

处理完伤口，休戈筋疲力尽地横躺下来。敞开的外衣胸口处，有什么东西在闪闪发光，是个泛着淡淡银色的薄片，反射着月光。

“把那个看着像是项链的东西藏到衣服里面吧，要是被追兵发现就糟了。”

巴尔萨说罢，休戈立即抓住银色的薄片塞进了外衣口袋里。

“这是……”

休戈嘴角一歪，说道：“拉乌鲁王子给我的东西。得到它的人，凭借功绩甚至有可能当上宰相。对于附属国出身的人来说，这是出人头地的王牌。”

看着脸上透着苦笑的休戈的眼睛，巴尔萨平静地问道：“是献上查格姆太子赢得的回报吗？”

“是的。”

笑容慢慢逝去，休戈紧紧地盯着巴尔萨：“你想要报仇的话，现在正是机会，恐怕以后再也不会有这么好的机会了。”

巴尔萨毫无表情地盯着休戈，低声说道：“如果一心求死的话，我成全你；如果不是的话，就不要把自己欠下的债推给别人。”

休戈嘴角抽动着，身体慢慢地放松下来，他把脸埋进了两条胳膊中。

风穿过芦苇，沙沙作响。芦苇丛中除了偶尔有老鼠什么的发出的声响之外，一片寂静。

河面的风寒冷无比。或许是因为体内产生的紧张感逐渐消退，巴尔萨一下子感觉到凉意。她把空口袋拉过来，将长枪抱在胸前，躺了下来。身体的麻木大部分已经退去，到半夜时分，想必手指头也应该能够活动了。

不知是失去知觉还是睡着了，手臂从脸上滑落下来的休戈依然闭着眼睛。在微明的月光的照耀下，这张脸看起来十分年轻。

巴尔萨叹了一口气——事情变得真是有些微妙啊。

明明知道就是这个男人掳走查格姆并把他带去达鲁修，可自己却并不想就此弃他不管。巴尔萨听着夜间觅食的猫头鹰的振翅声和老鼠的哀号，出神地仰望着夜空。

是谁放走了查格姆？那人又是出于什么动机呢？

在达鲁修也好，在罗塔也好，都有各种各样的集团，各自的打算错综复杂地交织在了一起。

这个人知道查格姆还活着，在斯安的城堡里。巴尔萨的心底浮现出了一种可能——如果是这样的话，查格姆……

休戈突然咳起来。大概是咳嗽的时候伤口疼，休戈猛地直起了身体。眼睛虽然睁着，但是目光呆滞。牙齿发出咔咔的响声。

巴尔萨将手放到休戈的额头上——果然，他发起了高烧。

巴尔萨扯下内衣袖子，浸入河水中，拧了以后敷在休戈的额头上。休戈闭着眼睛，任由巴尔萨摆弄。敷在额头上的布很快就干了，巴尔萨反复用水将布浸湿再敷到休戈的额头上。

月亮西沉，时间慢慢流逝。待确定休戈状态平稳以后，巴尔萨也躺下来闭上了眼睛。

大概睡了多久呢？巴尔萨听到休戈的声音，醒了过来。

四周已经微明，天际显露出浅紫色的光。

休戈好像正处在噩梦之中，他摇着头，嘴里喊着某个人的名字，好像是女人的名字，但听不清楚。他看上去实在很痛苦，巴尔萨抓着休戈的肩膀摇醒了他。

休戈睁开眼，眨了眨眼睛，随后用空洞的眼神看着巴尔萨："这是……哪儿？"

嘟哝完了，休戈皱起眉打量了周围一会儿，好像终于清醒了过来，叹了一口气。黎明前冰冷彻骨，呼出的气都是白色的。

"对了……是这样……追兵没来吗？"

"好像没有来。"

巴尔萨说着，取下了休戈额头上的布。

"你好像……被梦魇住了。"

经巴尔萨这么一说，休戈脸上浮现出一丝苦笑："忍受不了火灾啊……火灾，给我留下了很不好的回忆。过了这么久，还是会做噩梦。"

说了这些后，休戈又闭上了眼睛。

四处开始传来鸟鸣声。晨雾中，周围的一切显得影影绰绰。

突然，休戈发问道：“如果你找到了查格姆殿下……准备怎么办？”

巴尔萨看着淡紫色的天空，轻声答道：“我也不知道啊……”

休戈睁开眼睛，同样低声说道：“索多库，也就是打你头的那个咒术师，他认为你是太子派系某个人放的一条线……这没错吧。否则，你不会知道查格姆殿下还活着的事情，更不会前来找他。但是这条线，想必又是似有若无、靠不住的。新约格王国正处在被恐怖驱赶、朝着自我毁灭的边缘狂奔的野兽一般的状态，查格姆太子要是现在活着回去，一定会引发巨大的混乱。就算是太子派，恐怕也不希望发生这样的事情。”

风吹过芦苇，发出沙沙声。

“你应该不是为了新约格王国寻找查格姆殿下的吧？”

巴尔萨没有回答，只是歪过头看着休戈。“你到底想让我干什么？”

休戈沉默了一会儿，轻声说道：“如果你能见到查格姆殿下，我有话转告。如果打算和北部大陆结盟，一定要赶紧盯住坎巴。我想让你转告他，应该抢在罗塔王之前说服坎巴。”

听到这出人意料的话，巴尔萨皱起了眉头：“你说什么？”

休戈转过脸对巴尔萨说：“一开年新约格王国就将迎来首战。这两年里，达鲁修帝国军在桑加各主要岛屿上实实在在地建立了根据地，集结在桑加半岛上的兵力也相当雄厚。为首战而配备的部队是拉乌鲁王子旗下被称作古洛姆‘牙’的精锐部队，由曾经参与攻打欧鲁姆王国和约格王国首战的能征善战的名将带领。”

这时，强忍着疼痛的表情在休戈脸上一闪而过：“没有经历过战争的新约格王国的士兵们将惨遭杀害。首战，与其说是战场，还不如说是屠宰场。这一战……就是制造惨象给国王看。”

说完，休戈低下头，继而又抬起了头：“再过不到两个月，这场战争就要打响。罗塔王也好，坎巴王也好，想必都已预见新约格这场首战将是什么样的惨景。因此，罗塔王为加强自己国家的防守应该会竭尽全力。传闻说罗塔王英明睿智且心地善良，倘若果真英明的话，他不会愚蠢地出兵帮助必败无疑的国家。可是，坎巴王就不一样了。”

巴尔萨皱起了眉头：“怎么不一样？坎巴王是个怯懦的男人。他要是认为新约格会打败仗，他就会以青雾山脉为屏障躲起来，绝不会伸手援助新约格。”

休戈摇摇头：“我指的不是新约格和坎巴之间的同盟。我想要你转告查格姆殿下的是，让坎巴考虑一下跟罗塔之间的同盟。”

巴尔萨睁大了眼睛。

休戈接着说道：“新约格陷落的话，接下来就是罗塔了。罗塔如果再陷落的话，坎巴就将无处可去。再怯懦的国王，这样的道理总是懂得的。再说，如果是和坎巴结盟，罗塔王肯定会接受。坎巴王国在罗塔的北部。坎巴如果和北部的领主们形成同盟、武装起来的话，就会对南部的大领主们构成牵制。”

休戈的眼中闪着热切的光芒：“罗塔和坎巴联手的话，将形成一道相当坚固的屏障。即使攻陷了新约格，破坏这道屏障也要耗费大量的时间、兵力和金钱。拉乌鲁王子……对于攻打北边有着强烈的野心，但他并不愚蠢。想要冷却他的野心，使他考虑战争以外的道路，除此之外别无他法。”

巴尔萨轻声问道：“为什么这样做？让王子打消攻破新约格的想法……你有什么好处？”

“大有好处。我想要成为帝国的宰相，为此，我要让拉乌鲁当上皇帝。”

看到巴尔萨脸上露出疑惑的神情，休戈笑了：“你觉得不攻打新约格，放弃向北边的侵略，对于拉乌鲁王子来说是重大的打击吧。当然，这是对的。可是，比起这个，还有更加具有决定性的打击。如果不停止攻打新约格，哈扎鲁王子就将在拉乌鲁王子攻破新约格之前拿下罗塔王国。假如在几乎不损失自己国家兵力的情况下，略施一计就拿下比新约格王国更加强大的罗塔王国，这可是惊人的战功。皇帝现在已经濒临死亡，哈扎鲁要是攻下罗塔的话，就可能被认定为皇帝了。”

巴尔萨眼中露出理解的目光：“原来如此啊……坎巴王和罗塔王要是联手的话，罗塔王就有了强大的后盾。这样的话，南部的大领主们就无法发动内战，哈扎鲁王子的野心也就付诸东流了。”

“正是如此。”

话毕，休戈默默凝视天空，良久才开了口，用不同于先前的平静声音说道：“而且啊，达鲁修慢慢地也该收手，不再染指他国了。如果放弃战争，新约格变成附属国还好。若再征战下去，真是血流成河，和罗塔还有坎巴之间漫长的战争也要开始了。”

休戈脸上流露出严峻的神情，继续说道：

“南北大陆之间被广大的海域分隔。虽说是经由桑加，但使用船队源源不断地输送士兵和武器需要大量开销。为了这些开销而被征收高额的税款，儿子和丈夫被征作士兵，你觉得承受这些痛苦的人是谁？约格、欧鲁姆、霍拉姆……是这些被达鲁修吞并而变成附属国的人啊。”

叽叽喳喳的小鸟一边高声鸣啭，一边向着天空飞去。清晨的阳光将休戈的脸照得亮白。

“达鲁修帝国就像一个装了太多酒而微微发胀的皮囊。达鲁修灭亡无所谓，只是现在这种情况，要是皮囊破了的话，就会酿成惨重的悲剧，这是无论如何都要避免的，因为达鲁修的命运已经和许多附属国的人的命运紧紧联系在一起了。”

巴尔萨嘟囔道：“当初，又是因为什么千里迢迢地打到北边来？明明南边更加富裕。”

休戈脸上露出了苦笑，沉默了一会儿，终于还是开了口：“话也不是这么说的，南边大陆正在一点点地变贫瘠。”

巴尔萨皱起了眉头。

休戈依然仰望着天空，继续说道：“达鲁修的王子们耗费庞大的军费去掠取在遥远的海那边大陆上的猎物，都是因为阿尔艾·珂的话。”

“阿尔艾·珂？”

“就是供奉达鲁修人所信仰的太阳神阿尔艾的祭司们，他们和约格的咒术师们有着深厚的联系。是他们向皇帝传达启示：南方大地正在年年转冷，太阳神的恩惠正在向北边转移。北边从此以后将渐渐温暖，大地也将变得肥沃，甚至会出现四季常春的圣地，进入这圣地的人将不老不死……”

巴尔萨苦笑着。休戈突然瞅了巴尔萨一眼，扬起了眉毛：“你觉得无聊吗？还是认为这是常有的夸张预言？皇帝和王子们当然也不完全是因为这个预言才开始攻打北边的，主要是因为那个让人长生不老的圣地……尽管现在还没有任何密探找到这样的地方。”

休戈暂停了一会儿，凝望着天空：“但是，另外一个预言倒是说中了。这几年，阿尔艾·珂的预言似乎渐渐在人们眼中变成显然的事实——粮食歉收，家畜产崽数减少，捕鱼量减少……北部并没那么严重，可是在南部的寒冷山区，有的地方情况相当严重。帝国总体而言倒还并没有减收，但是，皇帝已经开始相信那里正在发生变化。”

听到这里，巴尔萨突然想起来一件事。好像听谁说起过，新约格和罗塔这几年连年丰收，在罗塔，家畜下崽也多了。

休戈继续说道：“作物产量的减少和税收减少关系紧密。要是生活变艰难了，附属国的民众甚至会造反。如果阿尔艾·珂的预言是真的，皇帝和王子们就不得不考虑采取一些对策。皇帝年事已高而且身患重疾，能够有效扭转国家危机局面的王子就有可能被选为皇帝。作为王子，他们也应该尽早做出一番成绩来，所以王子们鼓足劲儿开始策划进攻北边大陆。”

微微叹了口气后，休戈继续说道："我们密探已经花费了好几年时间打探关于这个大陆的种种事情，为日后的进攻找到对策。一方面北边的确正在变暖，而另一方面北边的农耕技术落后且人口也稀少，王子们尤为心动。达鲁修帝国拥有先进的灌溉技术。如果使用这个技术，新约格自不必说，就连罗塔王国的北部，也可以开垦出数倍于现在的田地，高效收获作物。征服北部大陆，让挣扎于歉收边缘的南边附属国的农民移居到北边，这样税收也就可以稳定下来。"

巴尔萨鼻子哼了一声："为了这个，就要花费庞大的军费，牺牲那么多的士兵吗？依我看来，这可很不划算呢。"

休戈苦笑起来："你可弄反了。"

"弄反了？"

"是的。达鲁修帝国的做法是即使牺牲兵力，也要攻下别国以求国内安定。先把别国变成自己的附属国，再把附属国的兵力编入达鲁修军队。附属国士兵将被派遣为下一次战争的前锋。如果立下军功，这个士兵的家人将被赋予臣民权，减免赋税。但假如没有可攻打的地方，又会怎样呢？帝国既要养着自己的军队，还要养着数量庞大的附属国士兵。附属国士兵的家人无法逃脱沉重的赋税，会一直陷在窘困的生活中。总之，双方都会不满。"休戈眼中浮现出冰冷的笑，"南边大陆几乎没有可以攻打的国家了。那些较早成为附属国国民的人凭着攻打别国的军功，现在已经过上了跟达鲁修人没有多大区别的富裕生活。受到伤害的是最后变成附属国的我的祖国约格，以及邻近的欧鲁姆和霍拉姆的百姓。就算是为了平息一些人的不满，达鲁修帝国也要策划发动战争。”

巴尔萨笑了出来：“无聊。这样的做法，终究会走到尽头。”

休戈也笑了：“正是如此。”

接着，休戈盯着巴尔萨，露出严肃的表情：“所以我说了，达鲁修帝国的王子们也应该注意到了，以前的做法是行不通的。不应该侵略其他国家来扩大自己的疆土，而是要解散军队，增加在田里劳动的人手，大力发展商业。这样的时代就要到来了。这样做或许不如以往获利大，但要是还走老路的话，就真的会像你说的那样，快走到尽头了。可话说回来，要是猎物唾手可得，想必王子们首先会去逮住它，再做思考。假如北方大陆一直都是这样一个柔弱肥美的猎物，王子们的目光就会一直停留在它的身上。”

休戈轻轻叹了一口气，继续说道：“要是能找到查格姆殿下的话，我是准备跟他说这些话的。只是我担心查格姆殿下会认为我是拉乌鲁的影子。但如果是你的话……”

休戈转过头，脸朝着巴尔萨，说：“如果是你说的话，查格姆殿下应该听得进去吧。”

巴尔萨没有作答。

远远地，传来了吱呀吱呀的划桨声以及欢快的吆喝声。河船的搬运工们背负着清晨的货物，开始顺着霍拉河而下。

“我……”巴尔萨小声说道，“国家怎么样，我不管。只要那孩子能够幸福地活着，我就心满意足了。”

巴尔萨仿佛自言自语似的继续说道：“身为太子，那孩子总是被国家束缚、捉弄。斩断了锁链的那个孩子……就算是天天背柴火，手冻得长冻疮，看起来也是那么快活。”

“是啊……殿下好像很乐意擦甲板。他常赤着膊，有点儿海盗的模样。”

休戈冲着巴尔萨微笑起来：“教他拧抹布方法的人是你吧。殿下拧抹布的手法也真是了得，登得了堂入得了室啊。”

巴尔萨扭过脸去，移开了视线。

休戈小声嘟囔道：“可能你不相信，但我也真心希望他得到幸福。只是，他已经无法期望自己过上那样的生活了……”

正在这个时候，远处芦苇丛中的水鸟好像受了什么惊吓似的，鸣叫着一齐飞了出来。

巴尔萨猛地稳了稳身体，用手蒙住休戈的嘴巴。

有人过来了。有好几个人，身手敏捷如野兽般地从芦苇丛中钻了过来。

巴尔萨轻轻按住休戈已经握住短剑剑柄的手，示意他不要拔出。然后，自己紧紧地握住长枪，以确认手已经恢复了力气。

巴尔萨将藏在怀里的小麻袋放到嘴边，用犬牙咬出一个口后，刺啦一声撕开，紧接着又把口袋底部的绳子咬断，一眨眼工夫便把麻袋分成了两块布，然后用这麻袋布将自己的赤脚包起来捆住。

接下来，巴尔萨又把一个空的小麦袋子往休戈的脸上盖。休戈用手按着袋子，压低嗓门儿问道：“你想干什么？”

巴尔萨露出坏笑：“逃跑啊！受伤的人碍手碍脚的，你就安静地待在这里吧。”

说完，巴尔萨一本正经地把小麦袋子蒙在休戈脸上，隔着口袋紧紧地按住休戈的肩头：“不要乱来啊。”

话音一落，巴尔萨就猛地扯开裹在身上的麻袋，在小船上站了起来。

芦苇丛中有三个人影。巴尔萨用长枪抵住岸边，纵身一跃跳出小船上了岸。距离最近的人影猛地拉起短弓，喊道：“不要动！”

巴尔萨没有理睬，直接冲着这个男人跑过去。

男人拉满弓，朝着巴尔萨放出一箭。巴尔萨敏捷地挥动长枪打掉箭，并趁势一转枪，打在男人头上。

随着一声闷响，男人翻着白眼儿倒在地上。

另外两个人影拨开芦苇迫近了。巴尔萨将手臂伸到晕倒在地的男人的胳膊下，支撑起他的上身来做自己的盾牌。巴尔萨用罗塔语大喊道：“不要射箭！不然会击中这家伙。”

两人停止了动作。还未等他们反应过来，巴尔萨又喊道：“我是长枪手巴尔萨。你们是‘猎犬’卡夏鲁吧。为什么要攻击我？快回答！要是不回答，我就杀了这家伙。”

自报姓名是场冒险。他们要是西哈娜的手下，恐怕早已不容分辩地打了过来。巴尔萨用左手臂夹着男人，又握紧了右手中的长枪。

准备放箭的两个男人脸上浮现出一丝疑惑的表情。“你是……长枪手巴尔萨？”

一个人小声问后，跟另一个对视一眼。

年长的男人依然拉着弓，说道：“我们正在追击达鲁修的鹰探。有同伴发现那帮家伙的隐匿地少了一条小船，所以我们在找。你要……真是长枪手巴尔萨，为什么要躲在小船里？”

巴尔萨将手臂中夹着的男人慢慢地放到地上。

“说来话长。我不会抵抗，把我带到你们头领那儿去吧。”

说毕，巴尔萨将长枪放在地上，退后三步，然后举起了双手。

男人们犹豫了一会儿，接着他们还是手里举着弓箭朝巴尔萨走了过来。

5

密探的顾虑

大大的壁炉里，柴火加得很多，火烧得很旺，时不时发出噼噼啪啪的爆裂声。火苗每跳动一下，嵌有金丝的豪华壁毯便跟着闪烁一下。

暖炉旁边摆了一张小桌子，两个男人隔桌而坐。

他们举起酒杯，火光舔舐着杯身，杯子的金边在火光中显得格外炫目。

重重靠在椅背上的男人是罗塔王国的大领主斯安的长子——奥

冈。坐在他对面的男人是个年过五十的约格人。男人的头上夹杂着白发，但并未让人感觉上了年纪。他的肩膀宽阔而结实，一身富商打扮，坚定的眼神中透出一股奇妙的震慑力。

奥冈苦着脸将酒一饮而尽，脸上透着深深的倦意。也难怪，得到紧急通知后，他换了好几次马车，两天日夜兼程，就在大约三十分钟前刚刚从杰拉姆赶回来。

一阵敲门声后，门外传来了仆人的声音："由拉莉小姐来了。"

奥冈抬起头，用浑厚的声音答道："进来！"

一个十五六岁的少女走了进来。她只往里迈了三步便停了下来，一脸不高兴地看着奥冈。可能是刚被叫起来，眼睛还肿着。

奥冈用箭一般的目光直视着女孩，猛地一抬下巴。

女孩极不情愿地走到了父亲跟前。

瓜子脸、大眼睛的她十分漂亮，就是眼神飘忽不定，片刻也无法安定下来。

"知道为什么把你叫来吧？"奥冈问道。

女孩眉头一皱："知道啊！我知道是我不好，对不起……"

奥冈的眼里升起了怒火："这可不是道个歉就能了的事情。说，你为什么去那个房间？"

由拉莉的眼中浮现出一丝不以为意的笑，但旋即就消失不见了："因为……侍女们一直都在谈论啊，所以我就想见一见。"

奥冈深吸一口气，狠狠地瞪着女儿，不久又将视线从她身上收了回来，看向坐在对面的商人："你知道了吧。她就是个孩子，并没有……和什么人合谋的头脑。”

商人脸上显露出暧昧的笑容。

奥冈又将视线投向女儿，用严厉的语气质问道：“如果只是想见见，没有必要把他带出屋子。你为什么拿钱贿赂看守，把他带到院子里？”

由拉莉耸耸肩，一言不发。当感觉到父亲要站起来时，她慌忙开口道：“是他……说的。他说他厌烦了一直待在房间里，所以，我就想带他到院子里去。”

“在深夜里吗？”

一瞬间，奥冈看见由拉莉眼中潜藏的笑意，禁不住抬起了手。

由拉莉一惊，大喊道：“他会逃跑这种事情，我压根儿就没有想到嘛！再说，事发突然，我根本就阻止不了啊！他一溜烟就爬上了树，越过围墙跑了。”

奥冈慢慢放下了抬起的手，不高兴地说道：“你这个丫头……真拿你没办法。早该把你嫁出去。明天起就给你安排嫁给杰拉姆的阿曼大领主的二儿子。”

由拉莉立刻变了脸色：“不要，那么胖的男人！父亲……你不是认真的吧？”

奥冈盯着女儿，话就像是从嘴里吐出来似的：“我是认真的。拉洛库是个彪悍的家伙，让他做我的女婿有好处啊！”

“父亲！”

看着撒娇哭闹的女儿，奥冈淡淡地笑道：“你以为我不知道你在玩什么把戏吗？以前很多事情我都容忍了，可这一次你闯的祸，我没有办法原谅。出去！哭也好，喊也罢，你都要做拉洛库的妻子。”

由拉莉开始哭闹起来，奥冈朝下人挥了挥手，示意将她带走。

门关上后，房里又只剩下两人，奥冈重新将身子转向商人。

“没想到，孩子的荒唐举动，竟惹出了这么大的麻烦。”

商人哭笑不得，开口说道：“那太子长得确实英俊。我们拿他当客人，让侍女们照顾，看来是个错误。”

“当时也是担心引人注意，所以没有派重兵把守。”

奥冈叹了一口气。“我们现在没有时间讨论先前的过失。当时听到由拉莉的叫声后，士兵们马上就集合过来，可查格姆像烟一样从城堡里消失了。我猜想肯定是有人接应。都过去两天了，还没有什么消息吗？”

商人摇摇头：“一直在努力寻找，但还……不过，有一件事情值得注意。”

奥冈盯着商人：“是什么？”

“昨晚，法尔哈的小麦仓库着火了，说不定‘北翼’的家伙们就藏在那里。我从部下那里听说，起火之前那里有混战的声音。火灾废墟里没有尸体，但在河堤那边发现了血迹。”

奥冈眯缝起了眼睛：“这是怎么回事？不是你们攻击的话，就是说，有人偷袭了‘北翼’的鹰探。”

商人转着手里的杯子：“我们是不会这么大张旗鼓搞袭击的。自己人之间的争斗不要张扬，这是我们的做派。假如说有人偷袭达鲁修的鹰探……我猜想一定是这个国家内部的人。”

奥冈立马锁紧了眉头。他盯着壁炉里的火焰，良久才抬起头来看着商人。

“‘川之民’？也许……就是这些在背地里刺探我们南部领主消息的王的走狗。这些家伙若是已经注意到鹰探，那想必我们的谋划也被知道了。”

奥冈和商人紧紧盯着对方。商人小声说道：“不能再迟疑了。该……怎么办？”

奥冈没有说话，只是看着商人，良久，终于下定了决心似的说道：“本想等王去世了以后再说，可眼下真是不清楚事态会怎样发展。达鲁修对新约格的进攻也迫近了吧？说不定，现在正是好时机。秘密准备南部联合的战事吧。”

商人点点头说：“也通知我的伙伴准备起来吧。”

听到商人的话，奥冈脸上闪过一丝嘲讽的笑容：“好是好，不过……你所谓的伙伴到底能有多少人？如果说是分散隐藏在南部各地的约格人，最多也就千把人吧。我有自己的情报网，在杰拉姆也听说了一些有趣的事情。”

奥冈看着商人，眼中闪着寒冷的光，接着说：“向北进攻的军队指挥权好像不在你们主君手上，听说是归他弟弟拉乌鲁王子了。拉乌鲁王子可以调动二十万的军队啊。”

商人微微一笑，讥讽般地说道：“这么长时间让你们在生意上有利可图，难道现在后悔跟哈扎鲁王子通好了？还是你们觉得……要是跟拉乌鲁王子合作就好了？”

商人的笑开始变得深不可测：“你知道的不过是达鲁修表面的事情而已。要是没有看透双方实际的力量，在两个王子之间犹豫不决，只会掉入夹缝之中，被双方抛弃。你最好还是不要轻视我们。我们知道，为了向拉乌鲁王子示好，你们几年前就开始偷偷从各地牧场征集战马送往桑加半岛。我想，要是把这种行径告诉哈扎鲁王子的话，你们大概是没什么好果子吃的。”

奥冈露出了愤怒的表情，没有说话。

商人立马安抚似的说道：“哎呀，放心吧。罗塔王国的领土远大于新约格王国。哈扎鲁王子要是能把这个国家变成附属国，那么，比起慢悠悠进攻新约格王国的弟弟，皇帝陛下一定会更加欣赏兄长。如果因为兄弟相争而失去了本应取得的成果，皇帝陛下肯定会发怒。但倘若收获更大，就算兄弟争斗也无妨。你帮助哈扎鲁王子，将来也会记你功劳的。”

奥冈依然阴沉着脸。

“可是，话说回来，就算把你们的同胞加起来也不过区区千骑，而这个国家的领主对于王的忠诚，是根深蒂固的。无论南部有多富饶，兵力有多雄厚，都不是压倒性的……我们要是没有必胜的把握就举兵，也可能造成无可挽回的局面。”商人的声音低沉下来，“正因如此……我们才把那个坎巴人拉拢过来。”

奥冈皱了皱眉：“哦，那个坎巴人吗？据说是‘王之枪’的一员……我还听说他正朝我这儿来，要亲自跟我确认南部联合的事情。”

商人点点头："就是这个男人。他有些简单，认为看着对方的脸说话可以看到对方的心迹。他深得坎巴王的信任，要是能打动他的话，王也会动心。"

商人的双眼开始炯炯放光："不要放过好时机。勇猛的坎巴骑兵出动的消息一到，南部联合也奋起的话，一定能够打得罗塔王的部队溃不成军。"

奥冈好像被说服了似的点点头。

商人继续低声说道："要让这个计划成功，我们不能就这样放任那个太子不管。"

奥冈摸着下巴，向前探出身子盯着商人："要派追兵？有这个必要吗？"

商人静静地说道："有。他知道得太多了，必须斩草除根。"

像是在气势上被压制住了，奥冈看着商人，终于还是点了点头。

商人出了奥冈的房子，朝着城堡的东区走去。

东区有供身份高贵的来客住宿的豪华房间，还有富商们的会谈室。商人走到一间屋子的门前，敲响了门侧的小钟。

门一开，商人即刻闪了进去。

时间已经很晚了，暖炉前三个男人正围着一张桌子喝酒。其中两人是约格人，另一个是高大的坎巴人。大家都是一副商人打扮，但总感觉那个坎巴人的衣服和他不是太搭。

还有一个男人站在暖炉旁，他没有喝酒，只是静静地站着，身着商人护卫的服装，腰上挂着比大刀稍短些的结实的刀。

看到商人进了屋，围着桌子坐的约格人猛然站了起来，推开椅子去迎商人。

“怎么样？”一人问道。

商人微笑着说道：“要派出追兵了。”

紧紧盯着商人的坎巴人表情一僵：“奥冈……是想杀了那年轻的太子吗？”

商人苦笑：“要是奥冈的追兵能杀了他，那再好不过。真是的……就是因为你的脸被那个太子看到，才白白增加了这些多余的担心。”

坎巴人阴沉着脸看着商人，心想：真是个爱损人的男人啊。那件事纯属意外，他本不应该有这样的过失。坎巴人怀着不悦的心情回想起当时的情景。

当他走在城堡走廊上的时候，一个年轻人被士兵和下人们包围着从对面跑了过来。年轻人在和他眼神交汇的瞬间露出了疑惑的神情。他们没有交谈就擦肩而过了，只是年轻人一直看着他。

看着年轻人的眼睛，他感到了不安……这个年轻人显然认得自己的容貌……他对年轻人的容貌也隐约有印象。

在这个城堡里，他装扮成商人，专门贩卖产自坎巴高地的珍贵草药。莫非这个年轻人知道自己并不是商人……

当他得知年轻人是查格姆太子的时候，他确信了这点。

他和查格姆太子在坎巴王宫见过好几次面。查格姆太子在走廊里疑惑地看着自己，是因为看到作为坎巴国王亲信的他以商人的样子出现在斯安的城堡里，感到奇怪吧。

如果他和斯安大领主私下勾结的事被罗塔国王知道的话，事情就糟糕了。

看着表情僵硬的坎巴人，商人说道：“不用担心，你对我们来说可是重要的人物啊，你和我们，以及和南部联合之间的关系，丝毫不会暴露。”

坎巴人用手捂住脸，说：“就因为这个……要杀死那个太子吗？”

很长时间里，坎巴人就那样用手捂着脸一动不动，过了许久才轻轻把手移开。

这个坎巴男人确实是武人的样子，面容严肃纯净，脸上带着深深的苦恼的表情。他又说道：“我希望你们不要杀那个太子，他不见得会把事情告诉罗塔王。万一他真说了，我也会考虑好如何向罗塔王辩解。”

商人面无表情，直视着坎巴人。

这个坎巴国王的重臣是被拉拢到达鲁修一侧的重要人物。作为“王之枪”之一，他深得坎巴国王的信赖。

他这两年被任命承担与罗塔王宫之间的外交任务，还被赐予了罗塔王宫里的宅邸，一年中有一半时间都生活在罗塔。

为了切切实实地签订密约，他很想访问斯安的城堡。但是，一年一度的所谓坎巴国王的宝石——绿霞石和粮食的交易今年已经举行过了，作为“王之枪”的他没有合适的借口来访问南部大领主的宅邸。于是，他表面上假借养病待在宅邸不出门，暗地里却扮作商人的样子来造访斯安的城堡。

他在斯安的城堡里这件事情让查格姆太子知道了，达鲁修的密探们是绝对不会忽视的。

“话是这么说……可听说那个太子不仅想跟罗塔结盟，好像还琢磨着和坎巴结盟呢。他要是见到坎巴王……”

听到这里，坎巴人表情稍稍一僵，最终还是摇了摇头：“这不是什么大事。王对我非常信任，比起他国太子的话，他应该会更加重视我说的话。放心吧，我会安排个急事回国。如果那太子要见伊翰殿下，应该先往吉坦去了。我会比他先到坎巴王身边。”

商人心中不悦，但脸上丝毫不露痕迹。他表现出思考再三的样子，然后点了点头：“是吗……既然你都这么说了，我们就这么办吧。把年轻人杀了也是怪残忍的。”

说完，商人站了起来。他向坎巴人一施礼，便带着部下出了屋子。走在空荡荡的走廊上，商人对身旁的部下小声说道：“明白该做的事情吧？”

部下点点头。

商人心里不快地想：放那个太子逃跑？笨蛋！如果放走太子的是罗塔国王的密探，那么他们在南部领主内部的潜伏就远比自己想象的深。他们也就知道了为南部大领主牵线搭桥的自己是哈扎鲁王子的部下。他们要是把这些告诉了查格姆太子，事情就糟糕了。

查格姆太子知道那个坎巴人不知道的事情——拥有攻打北边大陆优先权的不是哈扎鲁王子，而是拉乌鲁王子。

万一指望着和坎巴国王结盟的太子已经到达了坎巴，他就会把哈扎鲁王子的密探想要竭力遮掩的计划中最大的弱点告诉坎巴国王——哈扎鲁王子虽说是南部大领主们的后盾，但现在并未握有向北边大陆进攻的军队指挥权。

绝不能让坎巴国王知道这件事，这关系到此次计划中微妙的均衡。

坎巴人搜集情报的能力很弱。他们尽管多少知道一些相邻的罗塔王国、新约格王国的状况，但并不像罗塔南部的大领主们那样拥有自己的情报网。他们完全不清楚达鲁修帝国内部发生的事情。不过，也正因如此，明明拉乌鲁王子一方占优势，他们还是像现在这样经不起哈扎鲁王子密探们的诱惑。

让他们维持这种无知的状态，比什么都重要。要是让他们知道了真相，所有的计划都将泡汤。

绝不能让查格姆太子活着走到坎巴。

商人瞥了一眼走在自己身旁的身着护卫装束的约格人：“拜托你了。”

约格人微微点了下头。

作为被征服的属国国民，约格人要想在达鲁修帝国崭露头角的话，就必须有点儿拿得出手的绝活儿。

这个身着护卫装束的约格人，凭借罕见的武艺而被达鲁修大王子哈扎鲁重用。他本身就是精于暗杀术的高手，又差使着本领高强的部下，此前已经成功完成了很多次暗杀。他是一个办事十分谨慎的人，为确保杀死暗杀对象，常常同时实行双重暗杀计划。只要把任务交给这个男人，自己就可以躲在奥冈派出的追兵背后，神不知鬼不觉地把查格姆太子暗杀了。挑唆奥冈，让他派出追兵也正是出于这个目的。

在查格姆太子逃走的时候，商人就已经开始琢磨杀害他的办法了。

6

托萨哈流域的阿哈尔

在抓了巴尔萨的“猎犬”卡夏鲁们去向他们的头领请示的时候，很长一段时间里，巴尔萨都被关在茨拉姆城郊的小屋里。

虽然为查格姆感到焦急，巴尔萨却束手无策。

巴尔萨借着洗澡，在逼仄的屋子里一边调整身体迟钝的状态，一边想着办法。

小船里的休戈在那之后平安逃走了吗？嗯……那个男人不会因为这么点儿事就倒下的。

分成两派、互相敌对的达鲁修的密探们，南部的大领主们，还有把自己锁在屋子里的卡夏鲁们……查格姆陷入的旋涡深不见底。要想的事情实在是太多了。

在巴尔萨被抓的第三天早上，一位年轻的卡夏鲁走进了屋子。

“整理一下行装跟我来，头领要见你。”随后，年轻人又补充道，“你的武器被拿到头领那边去了，没有扔掉。”

屋子的后门拴着马。

巴尔萨上了马，跟在年轻人身后沿着萨鲁街朝北奔去。

萨鲁街是沿着霍拉河通往王城的开阔大道。大概行进了两小时，年轻人折入了一条朝东的小道。

一进小道，眼前便是一片一望无际的小麦地。

这地方土壤肥沃，气候温暖，小麦可以一年收获两季。每到秋高气爽时，蓝天下，每当轻风拂过，沉甸甸的金色麦穗便闪着光，像波浪一般翻滚着。

年轻人自如地行进在麦田间的狭窄田埂上。不久，走到麦田另一边，眼前出现了一片森林。

进入森林后，年轻人回过头对巴尔萨说道：“等等，下马。从现在开始蒙上眼睛。”

巴尔萨按他说的下了马，帮着年轻人用黑布把自己的眼睛蒙上。年轻人拉着巴尔萨的手，让她握住马的缰绳，并弓起一条腿支撑着巴尔萨上了马。

“这匹马温驯而且识路，你就把自己交给马好了。”

巴尔萨点点头。黑布很厚，完全挡住了光。巴尔萨在摇摇晃晃的马背上靠分辨声音隐隐约约地感觉周围的情况——马向左转了几次又向右转了几次，一会儿下坡一会儿又上坡，走了相当长的路程。

突然，年轻人开了口：“我……可以问你几句话吗？”

巴尔萨点点头，年轻人似乎有些迟疑，问道：“你在哈库打倒了西哈娜，是真的吗？”

“哈库？”

“听说是一对一。”

巴尔萨浅笑着没有回答。

“我……见过西哈娜跟托卫卡姆两人的比拼。真够厉害的，原本托卫卡姆是我们这一带最厉害的，可完全不是西哈娜的对手。”

凭着声音，巴尔萨感觉到年轻人正面朝自己这边。

“你的身手够厉害啊！若真是你把西哈娜打败了，那我的兄长被打到脑壳倒在地上也就没什么可说的了。”

巴尔萨听到这里，扑哧一声笑了：“你兄长……怎么样了？”

“还睡在旅馆里。一直哼唧着，不过没什么大碍。”

说到这里，年轻人似乎突然意识到自己说得太多，立刻闭上了嘴。

不久，周围的声音有了些变化。这时，年轻人用手勒住巴尔萨的马，让它停了下来。

“好……摘下眼罩吧。”

按吩咐摘下黑布，顿时，巴尔萨只觉刺目的亮光向自己射来。她拿手背揉了揉眼睛，一言不发地注视着眼前这一片景象。

河流反射着夕阳的余晖，静静地流淌着。在草原和森林环绕的河堤上，杂草十分茂盛，仔细看去，还不时有烟气从草丛间冒出。

更前方，有一棵大树一直伸向河面，树下有人在撒网捕鱼。再往河的下游看去，有几个女人在洗衣。人们的头上都缠着黄布巾。

这里是他们的村落吗?

巴尔萨想起卡夏鲁被称作“川之民”。

年轻人从怀里掏出一条黄色的布巾，扎在了头上。注意到巴尔萨在看自己，他摸了摸布巾说道:“这是霍茨·夏鲁，意思是温暖灵魂。”

“温暖……灵魂? ”

对于巴尔萨的反问，年轻人点了点头。

“黄色，对于心地善良的死者来说，是温暖的，因为是灯火的颜色。”

说话间，年轻人的眼神黯淡下来。

“在那次袭击中，我的堂兄被杀死了。那边，你看。”

年轻人指着河的方向。只见一条像是黄色带子的东西在河里随着水流漂动着，定睛看去，才发现原来那是由许许多多的黄花穿在一起的带子。

“那些花，会一朵一朵地散开……当花一朵不剩都流走的时候，就说明堂哥的灵魂去了河神那里。那之前，堂哥都会看着我们戴着的霍茨·夏鲁，会想，哎呀，村里的人们都还念着自己啊。”

是不是脸朝下浮在河面上的那个男人的遗体搬到了这里? 巴尔萨突然间想到。

年轻人叹了口气，似乎想要换一下心情，干脆利落地说道:“就是这里了，从这里开始下马步行吧。待会儿有人来牵马，把缰绳拴在这棵树上就行。”

拴好马，两人走出了林子。在河里浣衣的女人和捕鱼的男人齐刷刷抬起头望向他们。

小路上长满了及膝的长草，向着河流的方向蜿蜒伸展。走在长满杂草的小道上，巴尔萨注意到好像时不时有什么东西从草间探出头来。

突然，一张小脸从右边的草丛里冒了出来，是一个六岁上下的小男孩，长着乱蓬蓬的头发。他抬头看着巴尔萨，用嘴巴对着草，“叽——”地吹出了水鸟一般的叫声。

紧接着，一张稚嫩的小女孩的脸又从左边的草丛里冒了出来。她圆睁双眼望着巴尔萨，也学着男孩的样子用嘴巴对着草，可惜只发出噗的声音。

年轻人一副憋着笑的样子，他不看孩子们，只管向前走去。可孩子们似乎是铁了心要跟着。巴尔萨两人朝前走，周围的草丛也不时地摇动着，还发出叽、噗的声音。

巴尔萨不禁笑了起来，年轻人也忍不住笑得肩膀直颤。

从堤坝下到河滩的坡面很陡。乍看似乎就是一个杂草丛生的土堤，但仔细看却能发现石墙。原来河滩一侧就是靠这些牢固的石墙来守护的。

在巴尔萨眼里，这些堤坝全都一样，可年轻人在一个地方突然停了下来，咚咚地踩了两脚。

随着一声响，堤坝上的一块草皮升了起来，下面出现了一个约容纳两人并列进入的洞穴。

“这是头领的家。”

巴尔萨弯下腰向洞穴里看去。坐在阶梯最上级、举着盖子的中年男人对着巴尔萨点点头：“请进吧，头领正等着呢。”

弓着腰下了阶梯，巴尔萨吓了一跳。

阶梯下的空间远比想象的宽广，而且格外明亮。在河滩一侧的石壁上面似乎到处都有空隙，从这里面看就好像是镂空的窗户。午后淡淡的日光从空隙照射进来，为整个屋子勾勒出一番不可思议的景象。

可能用的是石灰吧，墙壁和天花板被粉刷得洁白平整，只有炉子边被煤烟稍稍熏黑了。墙壁上凹进去的地方成了搁置东西的架子，满满当当地排列着小小的人偶和大小不一的罐子。

也许是在烤点心，空气中弥漫着一股香甜的气味。

屋子的正中间放着饭桌，一位看上去比巴尔萨略微年长的微胖女人抱着婴儿坐在桌旁，她的旁边还坐着一位满头白发的老人。

女人膝上的婴儿一刻也不安静，在女人的两个手臂中间来回扭动着，试图向上攀爬。女人的膝边还有一个约莫两岁的小女孩。

看到巴尔萨从阶梯上下来，微胖的女子从椅子上站了起来，把婴儿给了一旁的老人。

老人手法熟练地抱起婴儿。

“喂，来啊！好孩子，你也和爷爷一起到那边去玩吧。”

老人一只手抱起孩子，一只手拉着小女孩的手，走到房间一角鲜艳的棉地毯上坐了下来。

微胖的女人对巴尔萨大方地点点头。胖乎乎的脸一露出笑容，就宛若女童一般。

“初次见面，请多关照。我是托萨哈流域的头领阿哈尔。你是使长枪的巴尔萨吧？”

“是的……”

巴尔萨有些迷惑。她无法把能够指挥放火烧仓库这样激烈袭击行动的头领和眼前如同小鸟一般柔弱的女子联系到一起。

阿哈尔笑了：“看起来不像卡夏鲁的头领？我原本也觉得自己不是这块料，可是没办法啊，我们这一带流域有很多具体情况……啊，先不说这个，请坐。”

巴尔萨在她的对面坐下来。

刚才支着盖子的那位中年男人，下了阶梯坐到阿哈尔身旁。

“这是我丈夫。”说罢，阿哈尔脸上露出了笑容，目不转睛地盯着巴尔萨，“真是觉得不可思议啊，像这样和你巴尔萨面对面地坐着。你在我们这一带，可是大名鼎鼎。你的故事已经被编成歌来唱了，我很喜欢，是一首好歌。”

巴尔萨眨了眨眼睛，嘟哝道：“是吗？我没有听过。”

阿哈尔眉毛一扬，说：“呀，是吗？这太可惜了。不过话说回来，事情通常是这样子的，自己的事情被编成歌来唱，本人总是会感到害羞的。”阿哈尔突然一本正经地盯着巴尔萨，说道，“为防止塔鲁哈玛亚的再次出现，你出了很多力，我们都从心底里感谢你，真的。不过，关于这次的事情，我有些话要对你说清楚。嗯，我就开门见山吧。”

阿哈尔将装着点心的小碟子和一个茶碗放到巴尔萨面前，同时说道：“这次的袭击，我们这边也有一些小小的惊慌。”

就像她说的那样，她直截了当地讲起了这次袭击的来龙去脉。

“我们对那些可能是达鲁修密探的商人，逐个安排了人监视。我们想尽可能地通过跟踪，找出他们的藏身之处。达鲁修的密探十分谨慎，很难发现他们的踪迹。不过有一天早上，一个从斯安城堡里出来的男人，可能有些心急，被我们成功跟踪了。”

巴尔萨突然想起了休戈的话，是混入“南翼”密探中的伙伴来告诉他的，“南翼”内部的人发生了大的骚动，好像是其中某个人帮助查格姆殿下脱逃的……

显然，那个通知他的人被跟踪了。

阿哈尔继续说：“我们很兴奋，就想着一定要在他们从藏身之所转移前一网打尽，所以发动了袭击。可是……有些逞强了。结果不仅没有抓住一个人，反而还失去了一位同伴。我一辈子都不得不背负这个责任。”

说完，阿哈尔看着巴尔萨，目光黯然：“你……为什么会在那个仓库？”

巴尔萨静静地回答道：“我在找一个人。听说他朝斯安大领主的城堡去了，我正想从城堡的门卫那里打听点儿消息，却突然遭到了袭击。”

巴尔萨将查格姆的名字和与休戈一起逃跑等事情略去，把其他真实情况大致说了一下。

阿哈尔点着头听着，待巴尔萨话一停，她便将凌乱的头发别到耳后，带着深思的表情说道：

“原来是这样。发生在酒馆里的事情我是知道的，所以，心里大半也并不怀疑你。这么说很抱歉，不过这是我的真实感觉。”

说罢，阿哈尔又补充道：“不要误会。我并没有怀疑你杀了欧古哈鲁——那个在袭击中丢了性命的年轻人。那个倒在他身旁的同伴也说是一个男人干的。只是，有一件事情让我觉得不能释怀。”

阿哈尔直直地盯着巴尔萨：“你说你是坐着小船逃走的吧？但……据那些去河边查看火情的目击者说，他们看到船上坐着的不是一个人，而是两个人影啊。”

巴尔萨默默地看着阿哈尔。眼前这个女子开始和指挥了那场袭击的人慢慢地重叠在一起了。这世上还真有小鸟般的外表下隐藏着敏锐洞察力的女子啊！

阿哈尔脸上泛起了红晕，但语气一直都很平稳：“你是和那个杀了欧古哈鲁的男人一起坐上小船逃跑的吧？同伴们找到你的时候，那个杀了欧古哈鲁的男人应该就藏在小船里。为什么你要包庇达鲁修的密探？”

巴尔萨用十分平静的声音回答道：“因为他救了我的性命。我被下了药，身体麻木无法动弹。在那场火灾中，要是没人管我，我已经被烧死了。”

阿哈尔微微皱了皱眉：“可你应该看到了欧古哈鲁的遗体吧？既

然知道他是杀害卡夏鲁的达鲁修密探，为什么还要包庇他？”

巴尔萨盯着阿哈尔：“我只是报答我的救命恩人而已。就因为你们放的火，我差点儿死掉。如果我一个人从房子里跑出来到河边，难道那个叫欧古哈鲁的人就不会拿弓箭来射我吗？”

阿哈尔欲言又止。之后，她又低声说道：“大概是会的吧。”

阿哈尔深深地叹了口气，摇了摇头，神情严肃：“就算是这样，你说，这个达鲁修的密探不但把你从斯安的士兵那里抢走，又在火灾中特意带上你逃跑……为什么他这样帮你？”就好像是要把对方的心看透，阿哈尔紧紧地盯着巴尔萨。

巴尔萨不想把她当作敌人来对待，可也不想把所有事情都和盘托出。

要是说了达鲁修密探内讧的事情，这个女人一定会顺藤摸瓜，竭力打听休戈在小船上说的那些话，这只会把事情搞得复杂。

“我不知道。刚才我也说过了，我被下了药，很长时间都昏睡着，还没仔细看清他们的脸，就遭到了你们的袭击。我根本没有打听的时机啊。”

阿哈尔一脸疑惑的表情：“你们是一起坐小船逃跑的吧？打听事情的时间总是有的吧？”

巴尔萨摇了摇头。

“带着我逃跑的那个男人腿上中了箭，肚子上也受了重伤。在船上逃跑的时候，他一直发着高烧，迷迷糊糊的。”

阿哈尔皱起眉，紧紧地盯了巴尔萨一会儿，这才把视线移开，瞥了一眼一旁的丈夫和坐在屋角逗弄孩子的老人。

老人微微笑了笑，他让婴儿站在自己的膝上，说道："这人说的……听上去大体都是真的。可能有些事情隐瞒了，但总体应该是真的。我是这么认为的。"

阿哈尔的丈夫只是默默地点了点头。

阿哈尔慢慢地放松了肩膀。她低下头想了一会儿，终于还是抬起头看着巴尔萨说道："是啊，我们发动这次袭击时并不知道你在那里，差点儿让你死在现场。"

说完，阿哈尔突然苦笑起来："盘问你就好像是徒手去抓岩石一般，真是和查格姆太子说的一模一样啊。"

巴尔萨心里一惊，看着阿哈尔说道："你……见过查格姆太子？"

"嗯。"

阿哈尔一扬眉，脸上露出明快的笑容："这么说或许有些失礼，不过查格姆的确是个让小姑娘心动的人啊。"

阿哈尔说起了和查格姆相遇的原委。

阿哈尔所领导的托萨哈流域的卡夏鲁奉斯发鲁之命，长年监视斯安大领主的城堡。

"城堡内外都潜伏着我们的同伴，我们还修了通往城内的地下通道。我们很擅长挖洞。"

阿哈尔莞尔一笑。

"嗯，已经是半个月以前的事情了，监视着城门的同伴看到一个奇怪的场景。斯安的儿子奥冈和只裹了一块缠腰布的桑加渔民模样的少年在城门处大声讲着什么。同伴们想看看究竟怎么回事，结果发现很奇怪，奥冈竟然下了马，带着那个少年进了城。打那之后，那些被我们怀疑是达鲁修密探的商人，就不断急急忙忙地进进出出。以侍女身份潜伏在城内的同伴说少年被软禁起来，但待遇很高。听到这个情况后，我就更加关注这个少年了。少年究竟是谁？软禁起来却不能杀，说明他是个出了城就会招惹麻烦的人物。能否想个办法和少年接触一下？我们还在想着法子呢，不知怎的就听说少年自己从被软禁的屋子里逃了出来。”

阿哈尔咯咯地笑着，继续说道：“斯安的孙女很喜欢管帅哥的闲事。我们潜伏的同伴——那个侍女随口说了说查格姆的事情，她就上钩了，半夜里悄悄去了查格姆被软禁的房间。”

听了阿哈尔的话，巴尔萨露出一丝苦笑。半夜里有人潜入自己的房间，查格姆会是怎样的心情呢？

查格姆长大了……

“查格姆殿下抓住这个好时机，让斯安的孙女把他带到了院子里。一进院子，他就抛下姑娘翻过院墙逃跑了。姑娘惊慌地大声呼喊士兵。我们也注意到殿下逃跑了，就赶在士兵之前找到殿下，带着他从地下通道出了城。”

听着阿哈尔的讲述，巴尔萨突然问起自己心里想着的一件事情：“查格姆太子是自己报出名字的吗？”

阿哈尔点点头：“他听说我们是为国王工作的，就自己报上了姓名，说是有话想跟国王说才到罗塔来的。”

阿哈尔饮了一口茶：“听了名字，我们吓了一跳，因为早听说查格姆太子已经死了。再说，我们也不认得他。起初我们很怀疑，可殿下一直很镇静。他说他在桑加见过约萨穆陛下，只要把自己带到陛下那里即可确认身份。”

阿哈尔缓缓地摇了摇头：“他脸上的表情很温和，可真不知为什么，他是如此胆大而倔强。”

巴尔萨声音有些沙哑地问道：“他……现在在哪里？”

“朝北去了。”

“是去在王城的约萨穆国王陛下那里了吗？”

阿哈尔摇摇头：“不。其实，有个消息民众还不知道，约萨穆陛下的健康状况非常差，根本无法会见来客。”

巴尔萨惊讶地问道：“什么病？”

阿哈尔显得有些谨慎，脸色也阴沉下来：“这我不是特别清楚，陛下一直发着高烧……陛下的父亲也好像是因为高烧不退而去世的，所以，大家都从心底感到不安。”

阿哈尔叹了一口气，继续说道：“所以呢，现在都是伊翰殿下在负责政务。为了对抗南部的领主们，北部的领主们现在都聚集在伊翰殿下身边，加强了团结。伊翰殿下并不在王城，而在北部的城堡。”

北部的城堡——巴尔萨很清楚那个在吉坦被护城河牢牢围起来的城堡。

“那查格姆殿下是去了那里？”

阿哈尔点着头倏地站起来，从架子上取下一张轻薄柔软的羊皮纸。

阿哈尔手拿着羊皮纸说道：“我把你的事情告诉查格姆殿下了。”

巴尔萨屏息凝视着阿哈尔。

“当他说自己是查格姆太子的时候，我非常震惊。后来，我想起了先前跟你提起的那首歌谣……于是，我就把抓住你的事情告诉了殿下。查格姆殿下真的非常震惊。”

巴尔萨只是一言不发地静静听着阿哈尔的话。

“殿下拼命想说服我，说你跟国家之间的纷争没有关系。他说大概是那个读了他留下的信的人担心他的安全，才把你送到罗塔的。”

巴尔萨嘟哝道：“这是什么时候的事情？”

“抓到你那天的下午。”

巴尔萨眼神凌厉地盯着阿哈尔：“明明那天就知道我的目的，你还把我监禁了三天。为什么？是不想让我追寻到查格姆殿下的行踪吗？”

阿哈尔摇摇头：“是……查格姆殿下拜托我们留你三天的。”

阿哈尔轻轻将手中的羊皮纸放到巴尔萨面前：“这是查格姆殿下给你的信。他就在我面前，用罗塔语写的。他说我读也没关系，但作为交换条件，让我一定要将信送到你的手上。”

巴尔萨看向放在面前的羊皮纸。在这封来自查格姆的信上，清晰地写着苍劲有力的罗塔文字。

巴尔萨，谢谢你来找我。听说你一直跟着我来到了罗塔，我简直高兴得浑身发抖。我非常想再见到你，哪怕是一眼也好，但请你不要再找我了。现在，比起我，我希望你多关心一下唐达。新约格王国即将变成战场。如果我赶不上，城市和乡村都将沦为火海。请带上唐达他们逃到山里去吧，冬天狩猎用的那个山洞就好，这件事刻不容缓。只要想到你们能够平安地活着，我就浑身有干劲儿。我一切都好，不用担心。就算发生了什么，我也一定努力活下去，坚持做心中认定的事情，最终回到故乡和你们团聚。

不知不觉间，巴尔萨的脸上已经淌满了泪水。巴尔萨低下头闭上双眼，良久，默不作声。

拭去眼泪抬起头来，巴尔萨发现阿哈尔眼中也泪光闪闪。

“不要担心。”阿哈尔哽咽着说道，“我们一定会把查格姆殿下安全地带到伊翰殿下那里。”

巴尔萨点点头。

对于卡夏鲁们来说，查格姆是南部大领主私通达鲁修的重要人证。巴尔萨心想，他们会好好地将查格姆带到伊翰殿下那里去的。

查格姆有卡夏鲁保护，自己已经没有什么可以做的了。

巴尔萨松了一口气，但同时感到一场痛哭之后的落寞空虚。

阿哈尔轻轻问道：“有回去的盘缠吗？长枪在我们这里。行李和钱都丢了吧？到新约格王国所需的盘缠，我们还是能设法帮上的。”

巴尔萨笑着答道：“心领了，没问题的。钱嘛，我总是会缝一些在内衣的领子或下摆里。不过，如果可以的话，请借给我一匹马。我想先回一趟茨拉姆的旅馆。”

“没问题。哪个旅馆？”

“欧库鲁大道的一个叫‘蓝色海洋’的旅馆。我提前付了钱，他们应该还没有把我的马卖掉。”

“嗯，‘蓝色海洋’我知道。你把我们的马存在那里就行，回头我叫我们的人去取。”

阿哈尔的丈夫取来长枪，巴尔萨站起来收下了。

不知何时，透过墙壁上的孔眼照射进来的光已变成黄昏的颜色。屋子的角落里，婴儿在老人的臂间发出轻轻的鼻息声，睡得十分香甜。

7

巴尔萨的决心

当卡夏鲁的年轻人送巴尔萨到达萨鲁街时，夕阳已经西沉。那微微泛红的黄色光芒，使麦田和天际显得格外柔和、朦胧。

和年轻人分别之后，巴尔萨朝着茨拉姆港疾驰而去。

渐渐地，深邃的夜空里，星星开始闪烁，吹在脸上、拂过发梢的风也变得冰冷、刺骨。呼出的气息变成一团团白气，不断地裹住自己的脸，继而又消散了。

巴尔萨不断回想起查格姆信中的话。

简短的书信里，充满了查格姆的少年意气和想要静静推开巴尔萨伸出的援手的良苦用心。

真是……长大了不少啊。

原本心中早已明白，但在漫长的岁月中毕竟未能亲身感受，而就在读这封信时，巴尔萨切切实实地感受到了。

当自己背起十一岁的查格姆的时候，她只需考虑保护好他的性命。

然而，十六岁的查格姆卷入的却是复杂而巨大的、国与国之间利益纷争的旋涡。而且……

查格姆清楚地知道，他自己正走在一条怎样的道路上。

查格姆已经不再逃避为政之道，已经不再是那个说着不要当太子、不想要宫廷生活、想和自己一起旅行的少年了。

忽地，休戈的话在巴尔萨耳旁响起："我也真心希望他得到幸福。只是，他已经无法期望自己过上那样的生活了……"

休戈的意思，巴尔萨现在终于懂了。

查格姆梦想的并不是安稳的平民生活。为保护新约格王国免遭达鲁修帝国的侵略，他正全力以赴地努力着。

巴尔萨迎着风眯起眼睛，脸上浮现出微微的笑意。

已经不需要我出场了啊。

午夜前，巴尔萨到达了茨拉姆港。

即便是这个时刻，旅馆“蓝色海洋”所在的欧库鲁大道依旧人来人往，酒馆和赌场也灯火通明地招呼着客人。

穿过旅馆的玄关，再走过一段三合土路，对面便是一间大屋子，壁炉里的火烧得正旺。老板坐在火边的椅子上，和一个老人在饮酒。巴尔萨一走进屋子，老板便一脸不高兴地看着她，说道：“哎呀呀……可算回来了。把马和行李撂在这儿，六天都没音信啊。我正想是不是该把马和行李都卖了呢。”

巴尔萨把手伸向壁炉，搓了搓冻僵的手说道：“不好意思啊，发生了不少事。不过……我不是提前付了十天的钱吗？”

“嗯，要不是这样，早就把你那匹马给卖了。”

胖乎乎的老板按着膝盖站了起来，走到了墙边，从挂在墙上的众多钥匙中取下一把交给巴尔萨。

“给。厨房里的火已经灭了，没法做饭。洗澡还是可以的。”

巴尔萨点着头接下钥匙。在阿哈尔那里只是抓了些点心，早餐之后也再没吃过正儿八经的饭菜，但奇怪的是直到现在她都完全没有食欲。

老板瞥了一眼巴尔萨的脸，突然说道：“你脸色不太好啊。”

巴尔萨有些惊讶，她看着老板：“哎……是吗？”

老板哼了哼鼻子：“你在这里待一会儿。到了早上会冷的……出什么事就麻烦了。”

说着，老板走进了里面的厨房。

巴尔萨烤着火，呆呆地站着。坐在椅子上的老人将酒杯端了起来："来一杯？"

巴尔萨微笑着说道："谢了。我不喝，空着肚子。"

老板用脚踢开关着的门，手里端着锅、长柄勺还有木碗走了回来。

"老饿着肚子可不行。年轻人总觉得少吃一两顿或者熬个通宵不算什么，但这种不规律的生活，到老了你就知道它的危害了。"老板大声地讲着，同时将锅架在了壁炉上，"像你这样的年轻女子，得好好爱惜身体，将来是要生孩子的啊。"

巴尔萨笑了起来："我都三十五六了。"

老板瞪大了眼睛，看着巴尔萨："那怎么啦？我娘生我时都四十五了。"

什么年轻、生孩子的事，好久没有被人提起，巴尔萨不知道该如何作答，只好一脸苦笑地看着老板。

老板揭开锅盖，里面是拉卤汤。想必是先前做好了的，有一层薄薄的膜覆在上面。经壁炉里的火一加热，伴随着老板手里长勺的搅动，热腾腾的香气飘散开来。

"我娘十六岁起就开始生孩子，到四十六岁时一共生了十二个，养大了八个。我们家那位，也生了十个，养活了七个。"老板皱起又黑又粗的眉毛，盯着巴尔萨说道，"我呢，也是三十多了还整天沉迷在赌博场里。有了五个饿鬼以后，就觉得差不多该安定下来了。时间这个东西，真是神奇啊。不知什么时候，它就会让你安定下来。年轻的时候感觉不到，到真安定下来了，你会发现，其实，这样的日子也不错。”

坐在椅子上悠然啜着酒的老人也附和道：“说得没错。要是错过这个时机，没准就成萨卡瓦了。”

老板对着老人深深地点了一下头。

“就是，这正是我想说的。看看那个萨卡瓦吧。前一阵子当赌徒多风光啊，现在你看，那叫一个惨！躲在酒馆的角落里，靠别人施舍酒和食物。你知道吗？就前些日子的事情……”

不知什么时候老板和老人忘了对巴尔萨的说教，开始热衷起八卦来。不过，好在拉卤汤煮沸后，老板还记得把它盛到木碗里，递给巴尔萨。

巴尔萨坐在壁炉前，一边吃着热腾腾、香喷喷的拉卤汤，一边有一搭没一搭地听着老人们谈话。

静静地吃完拉卤汤，巴尔萨向老板道了谢，向走廊走去。

走廊的两侧有好几间屋子。想必屋子里的客人都已入睡，走廊上静悄悄的，寒冷而阴暗。

进到房间在床上坐下，巴尔萨就这样在黑暗里睁着眼睛。街对面赌场的光从窗户隐隐约约照进来，男人们的怒吼声和女人们的尖笑声如同潮水般此起彼伏。

巴尔萨脱了外衣铺在被褥上，又解下卷在腰间的绳子挂在床尾，然后脱下长靴，钻进了被窝里。

天还没亮，隐隐传来人们早起干活儿的声音。想必师傅们已经开始烘烤早餐用的巴姆——一种没发酵的面包，香味在旅馆里弥漫着。

随着意识慢慢清醒，巴尔萨梦中感觉到的温暖和气味渐渐消退，只感到手臂处冷冰冰、空荡荡的。

她微微睁开眼睛，看着这泛着青光的房间。

真到了该找个地方安定下来的时候了吗？巴尔萨沉浸在残存的余梦中，心中不免嘀咕。在唐达的怀里，多少次想过这个问题啊！可每一次，自己都觉得不可能。

其实，是自己放不下自己干的这个行当。

虽说这是个带有杀气的行当，可自己这半生所获也只有在这里才能发挥作用。现在如果放弃，那沾满鲜血的过去就会成为债务，一点儿一点儿地让自己的生命枯萎。

但是，这个行当总是与死亡为邻，随时都有丢性命的可能。也许是在某个城镇的胡同，也许是在荒山野岭，突然就变成一具尸体。而唐达就这样一直担心，等待着永远无法归来的自己……

巴尔萨知道自己的做法有些残酷，可她没有办法，怎么办才好呢？她找不到答案。

叹了一口气，巴尔萨两手垫着脑袋，望着天花板。

休戈说了，一开年战事就要开始……查格姆在信里也写了要他们刻不容缓地逃到山里去。

战争原本是士兵之间的厮杀，但如果嗜血的士兵杀红了眼，事情就会变得十分残酷。要是演变成战乱，人们心中的良知也会遭到挑战。

之前从南边大陆来的商人说过，战争并不仅仅发生在战场上。因打仗而变得如同野兽一般兴奋的士兵，会被欲望驱使着到处袭击，抢劫城镇和乡村。

他说他曾见过他们闯入商店掠夺金器，放火，甚至杀掉未成年的孩子。

每当想起他说的话，巴尔萨的心底都感到一阵不安。

虽然住在离京城有些距离的青雾山脉之中的唐达和特洛盖伊没有问题，但寄养着阿思拉和齐基萨的玛莎的店在四路镇，那里可能有危险。

开战前，去他们那里也许比较稳妥。到时根据情况，带上阿思拉他们，按照查格姆信里写的那样，和唐达一起躲到深山的猎洞里。

回新约格王国去吧……

在国家与国家的战争中，个人的力量就如同蝼蚁挥动触角一般微不足道。可是，如果对自己重要的人被卷了进去，那么自己还是想陪伴在他们身边。

外面响起了住宿客人开门关门的声音，也有赶早路的客人前往食堂时经过自己门前的脚步声。

巴尔萨推开被子起床，赤脚站在冰冷的地板上，哆哆嗦嗦地拖出放在床下面的行李。她将手伸入袋中拿新的内衣，一个东西突然啪的一声掉到了地板上。巴尔萨看着这东西，不禁睁大了眼睛。

是自己总缠在手腕上的皮绳——曾用来绑休戈的腿帮他止血。

皮绳好好地卷着并用红布捆着。巴尔萨打开红布，只见上面写满了细小的约格文。

作为皮绳的答谢，告诉你一个消息。“南翼”派出了刺客，图谋刺杀殿下。殿下似乎看到了不该看到的坎巴人。对于“南翼”的人来说，这威胁到他们费尽心机安排的侵略坎巴的计划，他们会想尽一切办法除掉殿下。殿下的目的是说服罗塔王，此事也已被知晓。知道了目的，便可追查其行踪。“南翼”的同伙派出的刺客手段了得。因为还有要事在身，明天我不得不离开此地。希望你能够读到此信，也希望你能保护好殿下。

巴尔萨呆呆地盯着这些文字，一股寒意从肚子蔓延到了胸口。

不该看到的坎巴人……达鲁修的手已经伸到坎巴了吗？

如果看到了私通者的脸，达鲁修的密探们想必一定会尽全力除掉查格姆。

查格姆被“猎犬”卡夏鲁保护着，他们应该想到会有追兵……

即便这么想，巴尔萨胸口的不安感如同针刺般挥之不去。

就算卡夏鲁会预想到南部大领主派出追兵，可他们会想到达鲁修的刺客吗？他们能从那些手段了得的刺客的刺杀中保护好查格姆吗？

虽然可以警告他们，可情报来源是达鲁修的密探，他们也许不会采信。再说，这警告也太费时间了。

红布上的字是什么时候写的？

至少已经过去了两三天。刺客们早已经向北去了，就算现在骑马追赶，还来得及吗……

既焦虑又迷茫，巴尔萨手里攥着红布站了起来。

回新约格，还是向北到伊翰殿下的城堡去？

即使向北去可能也赶不上了。何况，卡夏鲁在保护查格姆，轮不到自己出场。可是，巴尔萨还是想往北去，想确认查格姆平安无事。

从这里到伊翰殿下的城堡所在地吉坦，怎么也得花十天以上。确认了查格姆平安无事后，再越过没有被封锁的国境山道，能在战争开始前赶到四路镇吗？

巴尔萨手里依然攥着那块红布，两眼空洞地盯着墙壁。

从这里到四路镇，骑马的话大概有五天的路程。战争会进展到什么程度并不知道，要进攻那里，想必需要花些时日。

想到这里，巴尔萨脸上浮现出了苦笑。她察觉到自己正在找理由把赶往四路镇的事情往后拖。

玛莎是个重情义的人，她把阿思拉他们当亲人一般看待，一定会好好保护他们。

可是，心中浮现出来的查格姆却是形单影只的样子。

卡夏鲁们保护查格姆，终究是因为想让他做证人，而不是出于友情或者亲情。一旦政治风向发生变化，他们想必也是会做出狠心抛弃他的决定的。

查格姆终究还是孤零零一个人卷入了巨大的旋涡之中。巴尔萨深深地吸了一口气，然后做出了决定。

白色的晨光透过窗户射了进来。

外面的大道上，板车飞奔着，响起充满朝气的嘎吱嘎吱声，这是女人们在拉着板车去迎接黎明捕鱼归来的丈夫。

巴尔萨迅速整理好行李，扛到肩上，握起长枪，快步走出了房间。

第三章

在暴风雪中

内心承载的东西太沉重，巴尔萨几乎连声音都发不出来了。

伊翰的右手缓缓地摩挲着脸：“人世间实在太残酷了！单纯而又一心为民着想的这个年轻人，却偏偏得踏上这样一条道路。”

1

群体警告者欧·恰尔

登上山顶，俯瞰塔拉诺平原时，男人们禁不住兴奋起来。

唐达也深吸了一口气。

刚收割完的田地看上去就像是成百上千个小布块缝合而成的毯子，是那样肥沃而广阔。宛若倒扣的绿色饭碗的小山丘和规模不小的村落，星罗棋布地点缀其间。

渡海而来的约格人，想必是借用了原住民的称谓为其命名。其实在南部有很多直接沿用亚库地名的地方。亚库人管这片广阔的原野叫塔拉诺，而塔拉诺平原则是支撑新约格王国的粮仓地带。

脚下的亚乌鲁山，和平原西侧绵延至远方的托哈塔山脉相连。平原的东边是稍矮一些的亚玛塔山脉，就是在寒冷的冬季，它也显得郁郁葱葱，仿佛披了一件绿色的外衣。

连日来阴雨绵绵，今日放晴，青弓川宛若一条光带穿过平原，静静地流淌着。在河流的尽头，只见蓝色的海面在阳光下熠熠生辉。

和桑加王国之间的国境线，东西横贯着托哈塔山脉，一直延伸到眼前的这一段海岸。如果是大军进攻，相较于突破托哈塔山脉中寨楼的关卡，指挥船队在海岸登陆，然后向平原进军显然更加容易。

正因如此，新约格王国的指挥官们决定把这个平原作为首战的战场，把从全国征集来的一千多名民兵送到这里。

唐达这些来自北部的民兵暂时在京城南边的小河路镇集合。因为每个村征兵十名，所以光是北部地区就有四百来人。这四百个男人聚集在宽敞的河滩上，每五个村为一组进行编队。

担任运送军事物资的小组从小河路镇登上船，沿青弓川南下，应该已经建好宿营地了。

其他男人则用马驮着行李，一直南下到此。这些马并非王国所赐，而是征兵时被勒令用于运输物资的农耕马。对于村民来说，农耕马十分宝贵，一个村是不会一下子拿出几匹来的，顶多也就一匹。从贫困村里来的民兵没有马，就只能自己背负分派下来的辎重。

唐达老家所在的村子虽说也献出了一匹马，但这匹马上了年纪，且骨瘦如柴，时间长了，它十分痛苦地停了下来。

看着老马痛苦的目光，唐达觉得可怜，便从马背上取下一件行李扛到了自己的肩上。可背着沉重的行李一直行走相当艰难，唐达的双脚、腰和背都肿胀起来，到了夜里甚至难以安睡。

好在步履蹒跚地走在身旁的这匹老马给人感觉不错，不知是不是明白唐达的心意，它时不时亲近地将潮湿的鼻子贴在唐达的耳边。这匹叫作霍恰的马虽说已经驮不了什么重物了，但不失为一个好旅伴。

“霍恰，辛苦你了，咱们很快就到目的地了。”队伍开始下坡时，唐达抚着马的头轻声说道。

那个平原或许就是人生的终点了——大家心里都这么想，唐达也不例外，只是这平原的风景过于明丽，很难想象真的要在这里和敌人厮杀。

轻轻地叹了一口气，唐达继续向山坡下走去。

黄昏时分，北部的民兵到达了山脚。

王国军的宿营地在广阔的草地上，只见成排的帐篷一望无际，绣着金丝的战旗在夕阳下闪闪发光。

宿营地已经开始准备晚餐了，炊烟升腾起来。然而几百匹马的气味完全掩盖了烟火和食物的味道。

“你们北部民兵的宿营地还在更远处。”

穿过兵马的嘈杂声，民兵队长的声音隐约传来。

唐达他们赶着马，饥肠辘辘地从那些身旁搁着闪亮的铠甲利剑、正吃着热腾腾晚饭的正规军旁边走过。

到达民兵的宿营地时，唐达他们傻眼了。

在背阴的溪流旁，牧草地绵延着，供三百来人过夜倒是足够宽敞，可只见孤零零的炉子在那里架着，帐篷什么的根本没有。

在这以前，到了晚上大家还可以四散到附近的村落，向村民们借宿。想着今夜要露宿野外，大家不免气馁。

“每五组发一个炉子。先照顾好马，趁天没黑，到河下游挖好方便用的排水沟，再准备晚饭。”

听了民兵队长的话，男人们这才开始慢慢行动起来。

“那些先到的人都干什么去了？难道不是先走水路来建营地

的吗？”

“建的不是我们的营地，是正规军的……”

嗡嗡的议论声此起彼伏，但声音都压得很低，不会让队长听到。大家在这一段旅途中都切身体会到，谁要是说了挫伤士气的话，就会遭到狠狠的鞭笞。

统率民兵的八个正规兵，无论是在言语上还是在态度上，都明显地体现出和平民不同的武士阶层的思维方式。

民兵从各地召集后编队的当天，民兵队长就骑在马背上严正声明：倘若有人不愿意为保卫高贵的祖国而奉献生命，那他就是危害祖国的人，要被处刑。几天之后他就践行了这句话——当着民兵们的面，杀了想要趁黑逃跑的人。没有注意到这个人逃跑的同村同伴，也被鞭打得半死不活。

这种毫无人情味的做法给了男人们强烈的刺激。

自打这件事起，男人们开始警觉，尽量不惹民兵队长注意，就算愤愤不平也不让他知道。

民兵中的许多人自出生以来就没有离开过家乡，除了交税的时候，就没有见过武士阶层的人。

身挂铠甲、目光凌厉的样子，着实让男人们从心底感到恐惧。他们觉得，武士是恐怖的，和自己是完全不一样的人。

日落之后，即使是南部也着实冷了下来。

男人们聚集在火炉周围默默地吃完晚饭，裹着毛毯就躺下了。

由于长途赶路的劳累，唐达一躺下就感觉浑身发沉、酸痛。他来回翻身折腾，想要找到一个舒服的姿势。他把毯子一直捂在头上，呼出的气息使他的脸渐渐暖和起来，不知何时便沉沉地睡着了。

好像有人在哀叫，唐达一下子睁开眼睛。

炉火已经烧尽，唯有月光朦胧地照着草地。黑暗中，传来几个男人正在殴打谁的声音。

唐达坐起身，睡在一旁的邻村男人小声说道："不要管……别惹麻烦。"

啜泣声、呻吟声、怒吼声还有打人的声音，似乎并没有招来民兵队长。也许是他们睡在远处的帐篷里听不到？

唐达站了起来。他知道自己有些鲁莽，但实在是做不到坐视不理。

走近了，只见三个男人正围着一个小小的身影拳打脚踢。

"干什么？"

唐达一声呵斥，男人们回过头来。

"关你屁事！走开！"

声音听上去很年轻，透着一股子兴奋。

唐达快步走进他们中间，站到蹲着的男人身旁。

"打扰我睡觉了……再嚷嚷下去，其他村的人也要生气了。"唐达平静地说道。

年轻人不说话了。他们终于意识到，这份平静中包含着那些被扰了睡梦的男人们的怒气。

可就此罢手似乎很伤面子，刚刚怒吼的年轻人抓住唐达的衣领：“这么嚣张，你想怎样？”

唐达一言不发地盯着年轻人。年轻人唾了一口，一拳朝唐达的肚子打去。唐达只感觉肚子附近好像破碎了一般，透不过气来。唐达捂着肚子向前倾倒，眼睛却没有从年轻人身上移开。

“喂……”

同伴们叫着年轻人。年轻人回过头，这才注意到约有七个男人围在自己人的身边。顿时，他的脸青了。和唐达一个编组的男人们抱着胳膊，正狠狠地瞪着年轻人。

三个年轻人悻悻地晃着肩膀朝着有火炉的地方去了。唐达抚着蹲着的男人的背：“没事吧？”

男人点点头，颤抖着抬起脸。月光下，那张面庞不甚清晰，他看上去顶多十七八岁，是个少年。他身子骨十分单薄，脸上尽是血污，唯有眼睛闪闪放光。

“我……帮你处理一下伤口吧。”

唐达小声说着，扶起少年，对着一言不发站着的男人们深深地鞠了一躬：“谢谢。”

男人们耸耸肩，各自回到自己的被窝。

唐达和他们不是一个村的，平常他们总是和唐达保持着一定的距离。然而在今天这种关键时刻，他们把自己当作同伴，唐达很是高兴。

唐达把少年搀扶到河边。

“自己能洗脸吗？”唐达小声问。

少年点点头。少年一边洗，一边很痛似的时不时停下手来。唐达从怀里掏出一个袋子，又从袋子中摸出一个小小的油纸包。

唐达将油纸包里的粉末倒在手掌上，再滴上几滴水和了和，敷到少年脸上的伤口处。

“舒服点儿了吧？”唐达问。

少年点点头。

“为什么打你？”唐达小声问道。

少年沉默了一会儿，断断续续地回答说：“他们说我吵，说只要我在……他们就睡不着。我……一直做噩梦。离开村子后原本不做了的，到了这里，又开始做了。”

可能因为还没有彻底变声，他说话的声音听上去像少女的。

说到这里，少年陷入了沉默。唐达静静地冲他点了点头：“梦？什么样的梦？”

少年沉默了一会儿，随后就像是挤出来声音一般，小声说道：“快逃……跑起来，快逃。感觉一直被压迫着，胸口发闷，身体里面有声音在喊叫……”

唐达察觉到少年在颤抖，轻轻将手搭在了他的肩上。战争如此恐怖，令人难以承受，会有这样的反应也是意料之中的啊。

这时，少年突然睁大了眼睛，凝视着山的那边。越过唐达，他好像看到了什么东西。

隐隐地，空气在咆哮的感觉传了过来。

唐达起了一身鸡皮疙瘩，他情不自禁地念起咒文，好让自己的心平静下来。

倏地，传来一声巨响。紧接着，栖息在周围山林里的鸟一齐朝夜空中飞去。伴随着嘈杂的振翅声，到处响起了尖锐的鸟鸣声。

有什么东西从山下草丛中冲了出来——狐狸，也可能是野狗，一个黑影敏捷地奔跑着越过河流，朝平原飞奔而去。这是最初的一只，接着，其他野兽也跟在后面接连不断地从山里跑了出来。

少年摇着头喊了起来：“危险！这里危险！快逃……大家快逃！”

野兽们一路狂奔，在民兵们身上踩踏，飞跃而过。民兵们吓得从睡梦中醒来，一个个东张西望，不知道究竟发生了什么。

唐达站起身来，拉起颤抖着大喊的少年的手，朝着男人们所在的地方跑去。

“大家快起来！起来，跟着野兽跑！”

听到唐达的喊叫，也有一些站起来跑的人，但大部分人只是呆呆地看着唐达，脸上一副“你在说什么啊”的表情。

正想再次大喊，就在唐达吸气的瞬间，大地抬升起来开始摇晃。晃动持续了一会儿，紧接着树木也晃动起来，响起了互相撞击的声音。

那真就是发生在一瞬间的事情。

随着远处一声雷鸣似的声响传来，就仿佛大地的皮被剥落一般，眼前的森林猛然升高朝人群这边奔来。是上游发生的泥石流推平了树木，朝男人们睡觉的草地涌了过来。

黑暗中，惨叫声此起彼伏。

唐达一直抓着少年的手奔跑，可是在途中被泥沙从背后冲到了脚，衣服挂在被冲倒的树上，被钩住了。

唐达就这样抱着少年无可奈何地被泥沙冲走了。

唯一幸运的是，泥石流不算太大。虽然被冲走，唐达好歹用胳膊挡住脸，把头留在了泥沙上面。

后来，树卡在了营地下游的岩石中间，唐达也就停了下来。

在泥石流平息后的奇妙寂静之中，唐达呻吟着把少年拽了起来，回头朝营地看去。

月光下，只见从河流所在的地方算起，大约三分之一的营地都被泥沙掩埋了。

唐达吐出口中的泥沙，少年一边咳嗽一边哭泣。唐达的手颤抖着，轻轻抚摸着少年满是泥沙的后背。

活下来的男人们借着火把照着泥沙，想从泥土和树木中救出同伴。然而，他们只救出两个刚好夹在两棵树之间的男人。

到了早上，大家得知总共有二十五个男人被泥石流吞没，有两个跟唐达是一个村的。

尽管想马上挖出压在泥沙下的人，但仅靠锄头把混杂着木石的泥挖走，需要耗费相当长的时间。

八个士兵骑在马上查看现场，不久，民兵队长将幸存下来的男人们召集起来。

“灾难是发生了，但我们不能再这么挖下去了。我们要在晌午之前出发，准备开始埋桩，以阻止敌人骑兵的进发。不允许因其他闲事而消耗体力。”

一听到“其他闲事”这几个字，垂着头的男人们中间霎时响起了难以抑制的怒吼声——此刻埋在泥沙下的是亲人和朋友，难道说把他们救出来是闲事吗？

不知这怒吼是谁发出来的，声音使空气都震颤了。

民兵队长铁青着脸，紧紧拉着受惊后退的马的缰绳。

他还是一个二十五岁的年轻人，只因家中世代都是率领玛洛库[①]的大队长，所以被任命为民兵队长。

站在他身旁的副队长察觉到上司的惊慌，大声喊道：“肃静！”

副队长是一个年近六十的老士兵，早已无法发挥实战的本事，又是下级士兵出身，但由于擅长管理队伍，因此被提拔来辅佐年轻的队长。

民兵们停止了怒吼，然而寂静之下，充满了一触即发的火药味。

副队长用沉稳的声音说道：“我非常理解你们的心情。一想到在泥沙下可能还有我们活着的亲人，大家一定坐立不安。但是，就算你们全部拿起锄头去挖，要想挖完，得耗费多少时间呢？我刚才就一直在看你们的行动，恐怕到傍晚也挖不完。我们也可以集中在火炉附近挖，但你们看，这么厚的泥沙！他们被泥沙裹挟着，想必已经被冲走

① 玛洛库：三百人组成的一个大队。

了。那明天再挖？可是，大家想一想，痛心是痛心，人的气，哪儿撑得了那么久！”

听着副队长平静地陈述事实，男人们压在沉默下的怒气开始渐渐消散。

“要是在平日，我们可以叫其他队的人来帮忙。但现在是战时啊。再过一个月敌人就要攻来了，你们要是不及时把桩子埋好，就无法阻止达鲁修和桑加骑兵的步伐，他们也像这泥石流一样要袭击我们的国家啊。想想留在村里的妻儿老小吧，想想孩子们那可爱的脸吧。让我们竭尽全力，保护他们不被残忍的敌人杀害！那些……埋在泥沙下的亲人一定会宽恕我们的。”

男人们中间传来了嘤嘤的啜泣声。

“早饭的时间延长一小时。也许有些匆忙，就用这段时间好好悼念一下亲友吧。”

说完，副队长立刻催促着队长转身离去了。

骑马的士兵离去之后，男人们表情呆滞地抬起了头，你看看我，我看看你，随后便开始叽叽咕咕地讨论起悼念的方式。唐达站了起来，拍掉膝上的泥土，走进森林。

从林子里返回时，唐达带回二十五片叫作斯嘎的手掌形状的草叶。

唐达围着哭泣的人走了一圈，打听出被埋在泥沙下的男人们的名字，然后用小刀把他们的名字刻在了叶子上。

“你……是咒术师吧？”有人问唐达。

唐达平静地回答道：“还在见习中，但是举行过送灵的仪式。”

不知不觉间，民兵们聚集到唐达周围，看着他默默地将名字刻在斯嘎叶上，然后将叶子排列在地上。

待把二十五个人的名字刻到二十五片叶子上之后，唐达环顾了一下男人们：“现在，我要把灵魂送到另一个世界去了。请大家来帮忙，让他们安心地上路吧。”

民兵们点点头。这是每个人都经历过不止一次的仪式。

唐达手里拿着一片斯嘎叶，用通透的声音念诵着送灵的咒文：“阿库查姆啊，变成鸟吧！乘着风向天空飞去，飞到那个世界安稳地入睡。直到再次降临在这个世上，暂且沉沉睡去，享受这安宁吧。”

然后，唐达手用力一挥，将斯嘎叶抛向天空。

转瞬间，斯嘎叶放出白光，燃烧起来，紧接着化作鸟的样子，直直地向天空飞舞而去，消失在了云中。

“嗷嗷嗷——”

男人们仰望着天空，放声大哭起来。

“再见，阿库查姆！再见！”

浑身泥土的男人们泪流满面。

想到这些再也不能回到故乡的朋友和亲人，他们唯有号啕大哭。

二十五片斯嘎叶，一片接一片地变成承载着灵魂的鸟，升上了天空。

在早饭后出发前仅有的间隙，唐达去找了昨晚被殴打的少年，再一次为他处理伤口。

晨光下，再次看到少年的脸，唐达不免震惊于他的稚嫩。

“你……多大了？”

少年低着头，小声回答道：“十四。哥哥……抽到了签，我是替他来的。”说罢，他再也无法忍受似的，眼泪夺眶而出。

唐达情不自禁地揽住了少年的头。

就好像是不习惯被人触碰的野狗一样，少年一下子挺起身子，但他终于慢慢地放松下来，将脸埋进了唐达的怀里。

许多父母想着不能失去家中的劳动力，会从众多孩子中挑一个去替代。在北部的民兵部队中，就有好几个明显不满十八岁的少年。

“我……是个奇怪的孩子，爸爸不要我了。”少年紧紧地抱住唐达，可怜兮兮地说道。

唐达抚摩着他的小脑袋，说：“‘奇怪的孩子’？我也经常被这么说。”

少年惊讶地抬起头，被殴打的眼睛肿胀着，泪水和鼻涕弄得整个脸乱七八糟的。

“你也是？”

唐达一挑眉，微笑着说道：“我呀，能够看到死者的灵魂，还能够看到一个人是不是正被病魔纠缠，所以大家都觉得瘆得慌。你……是因为什么被人觉得奇怪呢？”

少年张开嘴，露出一口不齐整的牙，努力搜寻着词语来回答：“我可以看到不是这儿的地方。可以看到河，重叠在山上，还可以看到发光的东西在舞动。”

唐达吃了一惊，定定地看着少年：“你在这里……看到了什么？”

少年不假思索地回答道：“这里是在巨大的、没有底的水中，水里满是奇怪的东西在游动。”

唐达目不转睛地盯了少年一会儿，不久，他便闭上眼睛，念起咒文，睁开了可以看到纳由古的眼睛。

一望无际的、深蓝色的水展现在眼前。

抬头看去，只见明亮的光线在远远的水面上晃动。

生物真多啊！从未见过的众多水之居民约那·洛·盖伊和小鱼一般的银色小生物穿过唐达的身体。

头上，无数呈绿色和黄色的光耀眼地闪烁着，形成了几道光带，自南向北游去……

回到萨古——这边的世界，唐达喘了一口粗气开始擦汗。

少年不安地抬头看着唐达。

唐达也看着少年的脸。

这个孩子能够通灵，和阿思拉一样……

被赶出来成为民兵，唐达都没有仔细听阿思拉的话就打发她回去了。想一想，阿思拉也是每晚都被梦侵扰，才来询问唐达的。

阿思拉说那就好像是要把胸口挤碎一样的梦，感觉有什么事情不得不去做，却又不知道做什么，心中老是焦虑。

这个孩子也说，他这几个月一直被噩梦魇住……

可能有什么是只有通灵者才能感知的东西。一边想着，一个想法灵光一闪般地出现在唐达的脑海里。莫非，这个孩子是……群体中的警告者欧·恰尔？

据说在鱼和鸟等群居的生物中，存在着比其他个体更为敏感、可以最早感知危险到来并向群体发出警告的个体。特洛盖伊曾告诉过自己，这些个体被咒术师们称作欧·恰尔。

唐达想起昨天晚上在黑暗中预知泥石流要来而向夜空飞散的鸟群。

这个少年比唐达都要早地感觉到异常，喊出了“快逃”。

如果考虑到人类这一生物也是群居的话，有欧·恰尔也就不奇怪了。

唐达一直都在考虑为什么会有阿思拉这样的通灵者——与萨古和纳由古这两个世界都能产生深厚联系的人。莫非这些通灵者就是接触这两个世界，能够比其他人更早察觉有什么事情会发生的欧·恰尔……

倘若如此，阿思拉，还有这个少年，他们究竟在害怕什么，又想要警告些什么呢？难道说纳由古发生的事会在萨古引起什么吗？

欧·恰尔发出警告，都是在危机迫近群体之时。啊！要是师父在的话……

有什么事情要发生了，不能就这么袖手旁观。

战争一开始，我就有可能丢掉性命。在这之前，我无论如何都得想办法把这个事情告诉师父……

少年不安地小声问道：“叔叔……您没事吧？”

唐达回过神儿来，脸上浮起微微的笑意。

“没事。只是，不要叫我叔叔了。我叫唐达，叫我名字就行。”

少年肿胀的眼睛里浮出了笑意：“唐达呀，我叫哥查[①]。”

“哥查？”唐达不假思索地反问。

少年瘪嘴笑着说道：“一直被这么叫，习惯了，就成名字了。我老爸，真是的。”

唐达露出一丝苦笑，静静地看着一脸笑容的少年。

远处传来了集合的钟声。

如果是鸟群或者鱼群，欧·恰尔开始行动的话，群体也会跟着行动。

然而，人类的群体太过庞大、复杂，欧·恰尔的警告总是被掩盖在嘈杂的声音之下。

男人们朝着集合的地点走去。唐达也和少年一起，朝着国境线——战场走去。马上，战争就要开始了。

唐达夹在男人们中间走着，从扭曲的面部看得出他在忍受痛苦。

明明预知到大灾的降临，自己却什么也不能做，这就好像是被泥石流裹挟着走向战场一样无能为力。对此，唐达实在难以忍受。

① 哥查：矮子的意思。

2

从影子里复活的“猎犬”卡夏鲁

巴尔萨一个劲儿地策马向北。

不考虑查格姆他们走的是哪条道。如果一边打探一边北上的话，将会花费很长时间。已经没有这样的时间了，巴尔萨决定选距离最短的路直奔吉坦。

查格姆他们比巴尔萨早几天从南部出发。要缩短这个时间差，就只有少睡觉了。巴尔萨一天只睡四个小时，吃饭也几乎都是在马背上。

巴尔萨中途换过两次马，买好马的花费相当惊人。从晋那里得到的钱已所剩无几，从萨依索那里得到的报酬倒还够支付路费。不过为了尽早赶到吉坦，已经管不了那么多了。

就在这样的旅程中，凡是遇到有商队护卫住宿的旅馆，巴尔萨还是会留出一小时的时间休息，同时从护卫那里打听消息。这样的旅馆是那些在罗塔充当商队护卫的男人聚集的地方，他们对于袭击和埋伏这类传闻都非常敏感。

在和护卫们的交谈中，巴尔萨听到过几次南部大领主派出的追兵的传闻。然而，有关带着查格姆的卡夏鲁的传闻却一次也没有听到。

可能是因为卡夏鲁知道得很多……想起唐达曾经说过这样的话，巴尔萨对于查格姆的下落浮想联翩。和那些小巧的“川之民”一同起居，想必此刻查格姆正行走在草原或者森林里吧。

一定要平安地活着啊。揉着因劳累而昏沉发疼的太阳穴，巴尔萨在心里默默祈祷着。

穿过王城三天以后，周围的风景有了很大变化。

道路两侧绵延不断的肥沃农田和小镇不见了，取而代之的是无边无际、起伏翻滚的茫茫草原。天高气清，风冷如刀，空气中微微散发着雪的味道……已经进入北部地区了。

去年和今年一直都很暖和，春天出生的小羊羔长得又肥又壮，田里的收成也好。北部的人们罕见地带着充实的储备迎接了冬天。

穿过草原和针叶林，巴尔萨到达了距吉坦最近的小镇欧达姆。这已是从茨拉姆出来的第十天了。对于一般的行者，这趟路得耗上十五六天，所以当到达欧达姆护卫旅馆的时候，就算是巴尔萨这个女铁人也累得无法动弹了。

这样疲惫的身体状况，就算追上了查格姆也帮不上任何忙。想到此，巴尔萨决定这一晚好好休息一下。

待洗完热水澡，吃了一些帮助恢复体力的熬得烂烂的小麦甜粥，巴尔萨便一头倒在了床上。

实在是太累了，巴尔萨一躺下便接二连三地做起无厘头的梦来，到了半夜，则像是坠入地底一般沉沉地陷入了梦乡。

楼下吵吵嚷嚷的，巴尔萨突然醒了过来。

晨光从窗户照射进来。光线像是阴天那种暗淡的光，恐怕已经不能说是早上了。

透过厚厚的地板，人们热烈的交谈声传了上来。巴尔萨赶紧起身整理了一下装束，即刻下了楼。

站在门口大厅的大胡子护卫依然一身出行的装束，正和几个男人大声交谈着。他们看上去好像是黎明出发的，中途又返了回来。

“是这样的……那是亚法安的森林小路。走那里比走大街近不少，我们一直都走那条路。”

“你说那里有尸体？”

大胡子男人点了点头。

“血腥味很重。尸体还暖和着呢，可能是在凌晨被杀的。”

“所以你就回来了吗？”

一下子，大胡子男人皱起了眉头。“是啊，有一种不妙的感觉。以前我看到过的尸体都是商人模样的，可这次不是。手里握的武器，都是长期使用的快刀。手上有使刀的茧子，下巴还有戴头盔磨出来的痕迹。那是……士兵。”

男人们陷入了沉默。

巴尔萨走到男人们中间，向大胡子问道：“死者……有多少人？”

大胡子转过脸来，面对着巴尔萨回答道："倒在小路上的有四个人。但从血迹来看不止四个，林子里可能还有更多的尸体。"

一股凉意从巴尔萨的腹部涌上来。

通往吉坦的近道，森林里的小路，化装成商人的士兵的尸体，黎明的袭击……

巴尔萨对大胡子说道："麻烦你更详细地告诉我那些尸体所在的地方吧。"

大胡子男人再次皱起了眉头："你要去那里吗？千万别。现在这个时候，血腥味正把狼群往那里引呢。"

巴尔萨一耸肩膀："总之……请告诉我吧。"

天空，被包裹着银色光芒的云层覆盖着；风，则如同寒冰一般凛冽。

巴尔萨用挡风布修玛遮住脸，急忙向亚法安的森林赶去。昏暗的林子里，黑色的鸟热闹地鸣叫着。

骑马走入小道，正如大胡子男人所说的，路上出现了四具趴着的尸体。在一旁的鸟听到马的脚步声一齐飞起来，所幸没有出现狼的身影。

巴尔萨用修玛捂住鼻子，仔细查看着尸体周围地面的情况。这里确实发生过乱斗，有大量凌乱的脚印，血也渗进了地面。巴尔萨发现了射在树上的箭——是曾经见过的带有箭羽的短箭。

注意到树下草丛中有拖痕，巴尔萨循着痕迹偏离小路，走进了林子深处。

进到更深处，在巴尔萨刚刚走出大树阴影的那一刻，她立马感觉到一股杀气，马上伏在了地上。顿时，拉弓的声音响起，箭嗖嗖地从头上飞过。

“是托萨哈流域的卡夏鲁吗？我是巴尔萨！来帮忙的。”

一瞬间，周围恢复了寂静，然后似乎有人站了起来。巴尔萨依然趴在落叶上，静观事态发展。

“果真是……巴尔萨吗？”

听到犹豫的询问声，巴尔萨用膝盖支撑着直起身体。

树下站着引导自己到阿哈尔家的年轻人。他头上包着沾染了血污的布，手握弓箭，满脸戒备的神情。当看到果真是巴尔萨时，他整个人放松了下来。

“吓了我一跳，还以为是那些家伙又回来了。”

巴尔萨走近他身旁，看见树对面的草丛里还躺着一个男人。他脚上受了伤，看上去已经精疲力竭了。巴尔萨担忧地问年轻人：“是被南部的追兵袭击了吗？”

年轻人点点头。

“凌晨的时候，我们几乎全歼了他们。不过，我们这边也有人受伤，我在这里等同伴带人过来。”

巴尔萨声音沙哑，接着问：“查格姆太子……怎么样了？”

年轻人莞尔一笑：“没事，不用担心。他走的是另一条路，应该差不多到吉坦了吧。”

巴尔萨皱起眉：“兵分两路了？你们从这里走被发现了，保护查格姆的那边，不是也有可能被袭击吗？”

年轻人的笑容更深了：“我们被袭击可不是失策，我们是故意把他们引过来的。”

领会了年轻人的意思，巴尔萨终于放松下来。

为了从追兵手上逃脱，他们兵分两路，这些年轻人是作为诱饵来误导追兵的。

“这样啊！阿哈尔真是太聪明了。”巴尔萨说道。

年轻人脸上却露出了困惑的表情。

“嗯……头领呢，的确很聪明。不过呢，提出这个计谋的不是头领。”

明明是不能说的事情，年轻人脸上却露出了忍不住想要说的表情。

巴尔萨静静地等待，年轻人终于无法忍耐，坦白了。

“五天前的晚上，西哈娜来到我们住的岩洞里。”

就好像闻到了什么令人厌恶的味道似的，巴尔萨皱起了眉头。年轻人见此情形，慌忙说道：“对你来说，西哈娜也许是不可饶恕的敌人……”

巴尔萨不假思索地打断他：“对你们来说，西哈娜不也是罪人吗？你们……什么时候开始勾结的？”

年轻人脸上露出愠色：“这种事还轮不到你这个外人来指手画脚。西哈娜是犯了大罪，可她比任何人都更真心实意地为罗塔着想。现在，南部的大领主联起手来想要发动分裂国家的战争。在这种时候，如果还把西哈娜这种人排挤在外的话，对罗塔也好，对我们卡夏鲁也好，都没有什么好处。”

看着一口气说了这么多的年轻人的脸上泛起了红晕，巴尔萨慢慢地说道：“你这是……跟阿哈尔学来现卖的吗？”

年轻人的脸更红了：“头领是个头脑灵活的人。我看到头领接受了西哈娜，更觉得头领的胸襟是那么宽阔。”

一股寒意停滞在胃里，巴尔萨依然冷静地问道：“后来呢？是西哈娜带着太子吗？”

年轻人点点头：“西哈娜告诉我们，南部的追兵走的是哪一条路，还说要亲自助我们一臂之力，建议我们兵分两路。”

原来如此……

西哈娜是想把查格姆带到伊翰殿下那里，把南部大领主和达鲁修帝国勾结的事情说出来，以期再次获得殿下的信任。

阿哈尔把这样的肥差让给西哈娜，却让自己的部下去充当诱饵。或许就像年轻人说的那样，阿哈尔是觉得不用西哈娜这样的人才实在可惜。眼下，罗塔国王卧病在床，分裂国家的战争即将打响，西哈娜这样聪明而且死心塌地效忠伊翰殿下的人，即便在卡夏鲁看来，也许也是不应该被一直放逐的。

巴尔萨亲身感受过西哈娜这个女人的冷酷。一想到是她带着查格姆赶路，心里总觉得不是滋味，好在担忧少了几分。

至少为了个人目的，她也应该会保护好查格姆，直到把他带到伊翰殿下那里。这个女人武艺高强，头脑又绝顶聪明，比起这些年轻人，护送起来可能还更安全。

恐怕……阿哈尔也是这么想的。

巴尔萨叹了口气，说道：“这么说，你们出色完成了充当诱饵的任务？当时，有多少追兵来袭？”

年轻人脸上露出得意的笑容：“十来个吧。武艺都不怎么样。只是他们人多，所以我们受了点儿伤。他们死了四个，其他几个负了重伤，说不定现在已经成了狼的腹中餐呢。”

巴尔萨表情严肃起来。“武艺都不怎么样”，年轻人的这句话让她心中不安。

休戈在信中曾写道，“南翼”派出的刺客武艺相当精湛。巴尔萨并不认为这句话有夸张的成分。

这么说……达鲁修的刺客追踪的是另一条道路？

巴尔萨感到脊背直冒凉气。

卡夏鲁他们不知道达鲁修也派出了刺客。

要是南部大领主的追兵知道了查格姆已进入伊翰殿下的城堡，他们就会放弃继续追杀。在这个时候，卡夏鲁他们会觉得安全了，放松戒备。

然而，达鲁修的刺客是因为查格姆看到了坎巴的内奸而要杀害他。即使查格姆平安到达伊翰殿下的城堡，想必他们也不会放弃杀害查格姆的念头。他们肯定躲在什么地方，寻找下手的时机。

巴尔萨脸色惨白，无语地回过身，走向拴马的地方。

在伊翰的城堡

透着银光的雪云笼罩着整个天空。

就在这天空下，炊烟从伊翰的城堡袅袅升起。城内城外都支着不少帐篷，重装的战马来来去去，蹄声响亮。

晌午时分，伊翰在大厅里。

柴火在嵌进大厅墙内的巨大暖炉里熊熊燃烧，火光跳跃着，把影子投射到围坐在大桌子旁、神情紧张的男人们的后背和脸上。

桌子上铺着一张画有地图的羊皮纸，男人们指指点点，热情高涨地计算着数字。

“是的……拉达姆领地靠近南部，但领主十分忠诚，应该是偏向约萨穆王一方的。听说那里的兵力有三百？”

“不止，接近四百吧。”

伊翰一边盯着正在计算同盟数目的北部领主们，一边想着兄长的事情。

真希望兄长能够尽快好起来……

兄长能够好转的话，就应该还有领主回到他们身边。

可是，现在不能抱有这种幼稚的期待。必须找出以少胜多的办法……

伊翰眉头紧锁，凝神看着地图。

这时，门外铃声响起，紧接着传来了侍从的声音："伊翰殿下，有客人。"

伊翰抬起头，大声回道："进来！让他到这里来！"

开门进来的侍从从男人们的背后绕到伊翰身边："是'长枪的巴尔萨'，说是想要见殿下。"

"你说什么……"

伊翰一扬眉，似乎很吃惊，随后露出思索的表情。

"怎么办？她说知道是在开会，但十万火急，所以由衷地请求您……"

仿佛是因侍从的话而清醒过来，伊翰眨眨眼睛说："带到书斋里去。"

侍从离去后，伊翰对充满好奇心的北部领主们简短地说道："我离开一下，你们继续讨论军情。"

来到走廊上，冷空气扑面而来。伊翰快步走向自己的书斋。

刚在书斋的椅子上落座，门外的铃声即刻响了起来。

伊翰一示意，侍从打开门，巴尔萨走了进来。

巴尔萨一身风尘仆仆的打扮，神情严肃。待侍从关上门离去后，巴尔萨单膝跪地，深深地俯首鞠躬，向伊翰行了一个坎巴式的大礼："真诚感谢您百忙之中给予我觐见的机会。"

伊翰面带微笑，说：“起来吧，请随意。是你，我什么时候都会见的。”

巴尔萨站了起来。

伊翰问道：“阿思拉和齐基萨还好吗？”

巴尔萨有些迟疑，回答道：“我最后见到他们的时候，都挺好的。和先前写信告诉您的一样，他们还在四路镇的商铺里工作。但……以后会怎么样，我很担心。”

伊翰的脸色阴沉下来：“达鲁修马上就要开始攻打了。虽然很想把两个孩子接到这里来……”

话说到一半，伊翰的脸上露出了苦笑：“可我这里……也没办法保证就是安全的。”

“殿下……我为什么要来见您，您知道原因吧？”

伊翰点头：“从阿哈尔那里听说她见到你了，她还说你回新约格去了。”

巴尔萨轻声回答：“我改主意了，实在放心不下查格姆太子。殿下他到这里了吗？”

巴尔萨浑身紧张，一脸期盼的神情。

伊翰点了点头：“查格姆太子的确到我这里了。我们已经见过面了，他带来了很多重要的消息。”

巴尔萨听到这里，感受到一种莫名的悲哀，她屏住呼吸，静待着伊翰殿下接下来的话。

“的确……是个英明的人，查格姆太子殿下。不但英明而且果敢，无法想象他才十六岁。兄长曾说过，查格姆太子迟早会成为一代明君。我亲眼见到后，也有同样的感觉。”

伊翰眼中悲哀的神情加重了。

“如果可能，我也想成全他，成全他那个舍弃性命也要拯救国民的真挚愿望。罗塔和新约格结成同盟，正如查格姆太子所言，这原本是保护北部大陆诸国免受达鲁修帝国威胁的最好办法。”用力地一握拳头，伊翰继续说道，“可是，做不到。我向查格姆太子解释了不能这么做的理由。一来是我们国家所面临的境况——内战的危机就在眼前，被达鲁修养肥的那帮南部大领主正伺机举起反旗，我们现在就是一兵一卒也没有富余的，不能派到其他地方。”

听着伊翰的话，巴尔萨难过得几乎喘不过气来。

豁出命历经千难万险，好不容易到了这里，查格姆却被告知他的梦想无法实现。

伊翰看着紧紧咬着牙的巴尔萨，小声说道：“还有……一个大问题——查格姆太子自身的问题。”

巴尔萨皱起了眉头。

伊翰平静地说道：“新约格王国的情况，我们并不陌生。我们有好些卡夏鲁潜伏在新约格王国，他们传来的消息和带领查格姆太子过来的卡夏鲁所说的情况，基本上是一致的。”

巴尔萨嘟哝道：“西哈娜……原来潜伏在新约格？”

伊翰眉毛一扬：“你知道啊，那就好说了。我并没有原谅西哈娜做过的事情，但现在，与其追究她的罪责，不如借助她的力量，她活

着比死了对我们有利。我想用她来协助拯救王和国民，将功补过。”

说完，伊翰的脸上露出苦笑：“是不是……觉得我想事情太简单？不过说真的，在我的内心深处，一直有一种无法责备西哈娜的感觉。我在那之后，也多次为消灭塔鲁哈玛亚的力量是否正确而感到困惑、烦恼。现在要是我们手里拥有这种力量，南部领主也好，达鲁修也好，都可以把他们统统赶出这个国家……”

巴尔萨只是一言不发地盯着伊翰。

能够随心所欲操纵他人的力量，即便是对于一个正直的人来说，也依然是种诱惑。哪怕是近距离看到过嗜血神的面容之后……

伊翰一脸严肃地继续说道：“代兄长管理这个国家以后，我也深刻地领悟到，当国家面临强敌蚕食的时候，国王就不得不比其他人冷酷。就像老鹰保护翅膀下的雏鹰一样，必须毫不迟疑地打倒敌人，必要时，还得果断做出牺牲同伴性命的决定。”

伊翰眼睛里冒着光，看着巴尔萨接着说道：“查格姆太子身上不具备这种冷酷，他太过干净。不是因为年纪轻，而是因为本性太过善良。看着他的眼睛，我就深深地感觉到了，他绝对做不出冷酷的事情来。”

巴尔萨没有说话，只是仍然盯着伊翰。

“刚才所说的查格姆太子自身的问题就是指这个。新约格是把国王奉为神明的国家，国王拥有至高无上的权力。要想和太子结成同盟并付诸实践，查格姆太子就必须自己做国王。可是，在新约格，查格姆太子已经被当作死者来凭吊了。”

伊翰看着巴尔萨，眼神犀利。他继续说："新约格王国是一个奇妙的国家。在我们看来，有些事情真是难以理解。假如原本以为死了的儿子又带着援军归来，在我们国家，父亲会流着欢喜的泪水去迎接他。但……那里的国王，不会这样做。"

伊翰眼神黯淡，接着说："即便是现在，他们的国王也没有派遣使者前来结盟，而且听说国王还决定不与邻国结盟，闭关锁国。哪怕是国家毁灭，国王也不愿意他国伸出援助之手。倘若查格姆太子宁愿违背国王的意志，也要从达鲁修的手里拯救自己的祖国，方法只有一个。"

伊翰停下了，但巴尔萨已经明白了他想说的意思。

"违背国王的意志，也要从达鲁修的手里拯救自己的祖国，方法只有一个"，意思就是神不知鬼不觉地杀掉国王，由查格姆自己来做国王。

看巴尔萨明白了自己的意思，伊翰接着说了下去："可是，查格姆太子恐怕不会选择这条路。另外……我也无法相信他的约定从而采取行动。"

巴尔萨静静地吸了口气。

内心承载的东西太沉重，巴尔萨几乎连声音都发不出来了。

伊翰的右手缓缓地摩挲着脸："人世间实在太残酷了！单纯而又一心为民着想的这个年轻人，却偏偏得踏上这样一条道路。"

巴尔萨低声问："查格姆太子现在在哪里？"

轻轻将右手移到膝盖上后，伊翰答道："我让他留在这城堡里，哪怕一辈子在这里做客都可以。但他只在这里停留了一晚，就在刚才又上了路。”

巴尔萨胸中感到针刺一般的疼痛。

“往哪里……去了？”

“坎巴。他说，如果不能和罗塔结盟，就去向坎巴王请求结盟。”

伊翰的眼底闪过悲哀的神情：“他问我，如果坎巴王和新约格王国结成同盟的话，我是不是也会考虑结盟……但是，我无法点头。坎巴王并不傻，一定会看到殿下的危急状况。更何况，坎巴人有些偏执，他们认定外人是无法了解自己的。与其向新约格派兵，他们会觉得还不如加强自己国家的守卫，来抵御外敌。我想，坎巴也不会结盟。”

巴尔萨简洁地问道：“查格姆殿下是一个人上路的吗？”

伊翰摇摇头：“我派了两个熟悉道路的士兵跟着，还给了他去往坎巴所需的充足的行装和旅费。我目前也只能做这些了。”

眼看就要下雪了。只有两个士兵跟着，查格姆能穿过狼群出没的森林，翻越艰险的尤萨山脉吗？

达鲁修的刺客一定在监视着这座城堡。在城堡里他们或许难以下手，但到了城外，还不是想怎么样就怎么样……

巴尔萨越想心中越是不安，就仿佛被火灼烧一般，她说道：“谢谢您告诉我这一切。就此告辞。”

伊翰站了起来：“你准备去追查格姆太子吗？”

“是的。”

看到巴尔萨满脸焦虑，伊翰内心有些担忧，但最终还是把想要问的话咽了回去。

巴尔萨深深地鞠了一躬，迅速转身离开了。

她走到门边，正要去抓门把手，突然，绕在右手腕上的皮绳映入眼帘，休戈的话在巴尔萨的脑海里回响起来。

巴尔萨转过身，抬头看着伊翰：“伊翰殿下，如果坎巴王说的不是和新约格王国结盟，而是和罗塔结盟的话，您觉得怎么样？”

伊翰一下子睁大了眼睛。一刹那的犹豫在眼睛里闪过后，伊翰干脆地答道：“如果是坎巴王要和我们结盟的话，我接受。”

巴尔萨点点头，又行了一礼，便打开门沿着走廊飞奔而去。

4

刺客

雪花开始飞舞。

如同鹅毛一般飞舞的雪花，慢慢地、静静地覆盖了整个大地。

巴尔萨驱马狂奔在她曾经作为商队护卫往返过多次的道路上。

伊翰殿下说查格姆刚刚才出了城，准备今晚在托鲁安过夜。可看这雪，说不定他会考虑在途中躲避暴风雪的小屋过夜。

在罗塔北部，暴风雪时不时就会突然袭来。因此，大道沿途稀稀落落地有一些供旅客躲避风雪的小屋。

平常，在这条通往托鲁安的大路上会有很多商队来来往往，可今天，或许是天气的缘故，一个行人也没有遇上。

天渐渐暗了下来，当大路两侧的景物换作森林时，四周便被黛青色笼罩了。巴尔萨骑着马独自狂奔在这清冷、冰冻的天地中，唯有马用它呼出的白气和摇头声发出生命的响动。

在黛青色笼罩的道路前方，巴尔萨看到一团黑色的东西在蠕动。

狼……

放开手中的缰绳，用嘴咬住手套脱下放入怀中后，巴尔萨从马鞍上取下长枪。接着，她把枪套也取下揣入怀中，双手紧紧地握住了长枪。

狼群正围着路上那团黑色的东西，同时抬起头露出利齿看向这边。当注意到路上那团黑色东西是人的身体时，巴尔萨紧紧地咬住了牙关。

猛地，巴尔萨冲入狼群，狼怒不可遏地进行反攻。

马发了狂似的翻着白眼跳了起来，巴尔萨用腿紧紧夹住，同时迅捷地左右挥动起长枪。每一次枪头刺中狼的身体，巴尔萨就感到手里沉甸甸的。打倒三四头狼后，其余的狼似乎发现形势不妙，便向着林子深处逃去了。

巴尔萨喘着粗气下了马，一边抚慰着瑟瑟发抖的马，一边朝尸体走去。

看不清脸，但能判断是罗塔的士兵。巴尔萨轻轻地将俯卧在地上的尸体翻转过来，只见一道砍伤从右肩一直延伸到胸口。

巴尔萨用手合上他的眼睛。就这样让他躺在这里的话，狼群一定还会来。可是，现在只有请求他的谅解了。

巴尔萨站起来，向遗体鞠了一躬，跳上马。

如果这个士兵是跟随查格姆的士兵，那么，刺客就是在这里袭击了查格姆他们。

巴尔萨立刻感到从头到脚一阵发麻，胸口就好像被塞进了一块板子似的堵得慌。她拼命抑制住内心的不安，把目光投向了大路。雪地上有很多杂乱的蹄印。循着这些蹄印，巴尔萨驱马跑了起来。

跑了没多远，她又看到一个士兵倒在地上。

这次巴尔萨没有下马，而是直接从遗体旁策马过去了。想必是为了让查格姆逃跑，这个士兵在这里阻挡刺客，结果被砍杀了……

前方传来了阵阵马蹄声。

透过密集的雪线，只见前方有两个骑马的身影。后面的人手中的刀寒光闪闪，似乎正策马穷追着什么。

“查格姆！”

随着一声大喊，巴尔萨扬起手臂，在鞍上把上身往后一扭，就像射箭似的掷出了长枪。长枪呼啸着飞近追兵的后背，追兵猛地一闪躲过了长枪，于是长枪刺中马头。

马悲鸣着向地上倒去，马上的人却从鞍上敏捷地跳了起来，在空中一转落到了地上。随后，他并未看背后的巴尔萨，而是瞄准查格姆的马扔出了什么东西。

查格姆被甩到了地上，男人向挣扎着站起来的查格姆跑去。

查格姆抽出腰间的剑，挡在了身前。但同时，男人的刀也砍了过来。

一声激烈的碰撞声，查格姆的剑断成了两截，顿时鲜血四溅。

巴尔萨在马上站起来，一蹬马鞍，挥动双臂，纵身往刺客身上跳去。刺客一扭身，脑袋躲过了巴尔萨的胳膊肘。紧接着，两人抱成一团在地上打起滚儿来。

巴尔萨拿膝盖用力顶住男人的侧腹，同时伸手想去控制男人握刀的右手。

但是，男人在用左手去抓巴尔萨的手时，突然一变，他用左肘去击巴尔萨的喉咙。

巴尔萨一下子伏在男人身上躲过了肘击，然而男人利用肘击一扭身，将巴尔萨压在了身下。

就在男人想拿手臂卡她脖子时，巴尔萨收起下巴保护住脖子，并果断地咬住了男人的胳膊。一瞬间，男人有些发蒙。抓住这个机会，巴尔萨使出浑身的力气用力一推，顺势在地上一滚跳了起来。

男人也敏捷地跳了起来，两个人面对面地站住，停止了动作。

血从男人被巴尔萨咬过的左臂滴到雪地上，成了黑色。男人一言不发，手握一把劈柴刀似的短刀，摆好了架势。

巴尔萨心想：恐怕难以徒手抵挡这刀。

巴尔萨迅速将左臂架在脸前，心中暗暗做出了一个决定：牺牲自己的左臂，然后跳到男人面前用拳头打他的喉咙。这时，只见一个发

光的物体朝着男人飞去，是一把折断了的剑。

嗯？正迟疑间，男人挥刀打掉了剑。远处传来喊声：“巴尔萨！”

长枪从空中飞了过来。巴尔萨一侧身接住长枪，顺势朝男人扔了过去。

男人轻轻一拨，弹开长枪。长枪顺着去时的轨迹，又滑入巴尔萨手里。巴尔萨顺势扭动身体沉了下去，自下用枪头抵着男人的侧腹，顺着他的身体向上嗖地挥动长枪，刺中了他的下巴。

男人口吐鲜血，向后一仰躲开。

血滴滴答答地从男人嘴里流出来，他像个恶鬼，发疯般地抡起了刀。

就在男人和巴尔萨身体交错的刹那，巴尔萨的侧腹和男人的头部鲜血四溅。有一刻，巴尔萨和男人都一动不动。终于，男人捂着头咚地倒在了地上。

看到男人一动不动了，巴尔萨用手捂住肚子，朝伫立在黑暗中的人影转过身去。那是一个高大的年轻人，半边脸上都是血迹。

“查格姆？”

听到巴尔萨的呼唤，年轻人就像笛子一般发出细弱的声音，慢慢走了过来。

“巴尔萨……”

等回过神儿来时，巴尔萨已经被一个比自己还要高的年轻人抱住了。

终章

奔向雪峰

路，依然在前方延伸着。

一丝暖意在查格姆心底升起，慢慢地传遍了全身。

因为恐惧、疼痛和严寒，查格姆剧烈地颤抖起来。

巴尔萨紧紧地抱住他。查格姆的牙齿打着寒战，轻声说道：“真的是……巴尔萨？还是我在做梦？”

巴尔萨笑着，摇晃着查格姆：“一定是……梦。都长……这么大了……”

巴尔萨慢慢地松开了手臂，凝视着查格姆。黛青色的暮霭中，他的脸看得不是十分清楚，但可以知道右半边脸沾满了血。

“真是，被砍得很惨啊。”

巴尔萨轻轻地碰了碰查格姆的伤口——从额头到眼角都被砍伤了。

天色太暗，无法好好地处理伤口。伤口是由锋利的刀刃快速砍下造成的，巴尔萨判断，与其缝合，不如将伤口合到一起紧紧地按着。

“可能会有些疼。”

说完，巴尔萨用手指轻轻地将查格姆的伤口合在一起，贴上垫布，再将随身携带的挡风布修玛叠成细长条，在查格姆头上缠了一圈后绑紧，以免垫布松动。接着，她又将查格姆沾满了血污的修玛拽到他鼻子上，拉下斗篷的帽兜，深深地罩住他的脸。

“痛吗？”巴尔萨轻声问。

查格姆咬着牙说道：“不怎么痛了，只是感觉有点儿麻木和僵硬。不说这个了，来的路上你看到罗塔的士兵了吗？”

巴尔萨静静地点头。

“两个人都被这个家伙杀了。”

查格姆僵住了。

“死……死了？”

查格姆嘴里念叨着，咬着牙低下头，强忍着哽咽。

“都是我的错。他们是为了保护我……他们都是好人，他们还有孩子……”

查格姆拖着双腿想走，巴尔萨抓住了他的肩膀：“要去哪里？”

“我得去把他们埋了……”

巴尔萨手上一使劲儿，拉住了查格姆：“已经被雪掩埋了。再说，地面也结了冰，没有工具，根本无法埋葬。”

“可是……”

查格姆越说越激动。

巴尔萨厉声阻止道：“听我说！你不了解罗塔的冬天。这个雪，接下来会越下越大。森林里还有狼。再这么下去，马都会冻僵。那些士兵，是为了保护你而死的吧？就算是不让他们白白死掉，你是不是也应该首先考虑一下自己怎么活下去的事情？”

查格姆浑身哆嗦着沉默不语。

巴尔萨继续说道：“雪已经埋葬了他们。我们就在这里，为他们鞠躬祈祷吧。”

查格姆犹豫了好一会儿，终于点了点头。

巴尔萨和查格姆并立着，向着遗体长眠的地方深深鞠躬。雪无声地下着，在地上越积越厚，渐渐地连马蹄印也看不见了。

好在查格姆受惊的马逃跑时缰绳绊在了灌木上，没跑远。

巴尔萨让查格姆先上马，自己从他马背上的行李中找出了火把。她把冻僵的手指放入嘴里暖了暖，总算点着了火。

火把照不远，巴尔萨花费了大约三十分钟的时间，才终于找到了位于林子深处的躲避暴风雪的小屋。

这时，两个人早已冻得浑身冰凉。

巴尔萨去扶查格姆下马，这才发现查格姆已经失去了意识。幸亏被马驮着，好歹到了这里。

查格姆的身体很沉，巴尔萨费了半天劲儿才将他拖到小屋里。接着又把他在床上安顿好，用火把点燃了炉中的柴火。

抬起查格姆的腿，脱去他的长靴，只见他的双脚苍白，完全没了血色。冻伤后突然加热十分危险，也不能揉搓。巴尔萨摇晃起查格姆的身体。

“查格姆……醒醒，查格姆！”

伤口一定很疼，查格姆呻吟着微微睁开了眼睛。

“听着，你能听到我说话吗？”

查格姆轻轻点了点头。

“我现在开始一个一个地掐你的脚指头，有知觉就告诉我。”

见查格姆点头，巴尔萨开始掐查格姆的脚趾。起初，查格姆只是皱着眉头，渐渐地，总算有了呻吟声。

“有感觉吗？”

查格姆点点头。看来没有冻伤，巴尔萨松了一口气，将他的脚放在了地板上。

查格姆又闭上了眼睛。巴尔萨开始用手搓他的双脚，不一会儿，似乎血液循环通畅了，查格姆疼得直哼哼。

“忍一忍。血液不畅的话，没办法走路。”

待揉搓完查格姆的双脚后，巴尔萨查看了自己侧腹的伤。只是擦伤，也没怎么出血。

巴尔萨将一块手巾叠起来按在伤口上，再用带子绑好。随后她站了起来，要做的事情实在是太多了。她先把斗篷拿到屋外，啪啪地拍掉上面的积雪。因为搁在屋子里，一会儿雪就会融化，把地板打湿。

用拍掉雪的斗篷裹住查格姆后，巴尔萨开始来回揉搓自己的手脚。血液循环渐渐畅通，但同时巴尔萨也感觉心头就好像有千百根针在扎一般刺痛。

待手指活动自如以后，巴尔萨将挡风布修玛从查格姆的脸上取了下来，并轻轻揭开包扎布。可能是冻僵了，失去了知觉，查格姆没有睁开眼睛。

借着炉火，看得出查格姆的伤势十分严重。

从额头经过右眼角一直到脸颊都被砍伤了。但是，巴尔萨觉得自己刚才的判断是正确的——伤口紧紧地贴合在一起，没有出血。

考虑再三，巴尔萨还是把雪煮化后开始为查格姆轻轻地清洗伤口。查格姆呻吟着摇头，巴尔萨用一只手紧紧按住他的头，没有停止动作。

接着，巴尔萨又找来一块尽可能干净的布叠起来按在他的伤口上，再用其他的布一圈圈绑在上面不让其松动。

“伤口？”

查格姆嘴里嘟哝了一句，声音听上去含糊不清。

“不要紧，已经长在一起了。要是……唐达在，处理得就更好了。没办法。”

巴尔萨说完，查格姆微微张开了嘴：“唐达……还好吗？”

“老样子，和以前没什么变化，只是多少上了点儿年纪。”

查格姆微笑着，又睡了过去。

查格姆开始轻轻地打起鼾来。巴尔萨抱着他的头，小声说道：“你变了很多啊，已经长成一个了不起的小伙子了。”

这张黝黑的面庞，完全是青年刚毅的模样，不过嘴角和眉眼还依稀可见昔日少年时的影子。

想这样就此睡去，但巴尔萨还是强迫自己站了起来。

必须把马赶进马圈里加以照料，睡觉是在那以后的事。

雪夜太过寂静。

巴尔萨时不时地添一些柴不让火熄灭，同时半抱着查格姆迷迷糊糊地睡了过去。

刚过午夜，查格姆开始哼哼起来——他发烧了。

巴尔萨用布裹上雪放到查格姆的额头上，又在炉子上架起锅煮了雪水，让查格姆干裂的嘴唇沾了点儿水。

查格姆一阵咳嗽，突然摇起头大喊道：“快跑！不能站在那里！快跑！”

巴尔萨紧紧抱住查格姆：“查格姆……查格姆！没事的，这是梦，只是在做噩梦。”

查格姆用呆滞而湿润的眼睛看向巴尔萨：“人民……京城……都要毁灭了。不让大家跑的话……”

说完，查格姆闭上了眼睛，就如同被剪断的线一般，身体突然失去了力气。

可怜的查格姆，梦中都在考虑国家的事情。巴尔萨轻轻地用手为查格姆拨开被汗浸湿后粘在额上的头发。

天快亮时，查格姆终于睡得安稳些了，巴尔萨也不知什么时候再次睡着了。

第二天，雪依然下着，天色十分昏暗。

正午前，烧退了一些，查格姆醒了过来。可能是因为伤口疼，他脸上的表情显得有些痛苦，但他只是躺在床上，一言不发地忍受着。

巴尔萨打开查格姆的行李取出食物，煮了肉和芋头，又加了一点儿拉嘎①。可惜，热腾腾的拉卤汤，查格姆只吃了半碗。

终于，傍晚时分，查格姆的烧退了，也可以自己去上厕所了。

---

① 拉嘎：坎巴山羊奶酪。

晚饭是用巴姆加拉嘎烤制的主食和加入香料的蜂蜜水。

查格姆若有所思，可能也怕碰着伤口，他一点儿一点儿撕着巴姆送入口中。

自己吃完后，巴尔萨端着餐具站了起来：“你的脸色好了不少。再好好休息一天，伤口也就不疼了。”

查格姆没有回答，只是专注地盯着炉中的火。

就这样过了相当长的一段时间后，突然，查格姆用右手抓住巴尔萨的左臂，似乎在忍受涌上来的寒气。

“巴尔萨……”

“嗯？”

“我……是死人。”查格姆眼神空洞，“作为新约格的太子，我已经死了。我本想，罗塔不行就去坎巴……就像抓住稻草一样，我出了城……他们是不会和死人结盟的……”

看着炉中的火，查格姆眉头紧锁：

“我跳海的时候就在想，我虽然装死，但假如罗塔王能够做出英明的决断，我是可以复活的。到时我带着援军回去，就可以拯救我的祖国了。我一直认为，即便我的行为激怒了父王，只要我不违背真实的内心、全心全意去面对的话，总是可以打开一条生路的……”

查格姆猛地攥紧了拳头：“可是，那不过是……小孩子幼稚的梦罢了。”

用紧握着的拳头捂住眼睛，查格姆一动不动。

巴尔萨把盘子盖在温水锅上，说道：“你……在为这个难过啊？”

不知道巴尔萨在说什么，查格姆抬起头不解地看着巴尔萨。

巴尔萨微笑着，扬了扬眉毛："你做的梦是不是幼稚我不知道，但我知道你在为自己不再是太子而感到难过。过去……你可是讨厌做太子的。"

查格姆微微地张了张嘴，欲言又止地看着巴尔萨。

"过去，要是能从太子的位子上解脱出来，你一定会很开心。"

"那……"

查格姆有些嗫嚅。

巴尔萨平静地说道："开始找你的时候，我就想，要是能见到你，我一定要跟你说，国家已经为作为太子的你举行了葬礼，这是上天赐给你的礼物。我要说，恭喜你，终于可以摆脱无聊的枷锁了。"

巴尔萨继续说："新约格灭亡，不是你的责任。明知道国家深陷危机却不肯向邻国求助，这是你那顽固的父亲的责任，是国王身边那些不能规劝他的大臣的责任。难道不是吗？那么多大臣摆在那里，为什么非得要你这个十六岁的孩子来背负这无法撼动的命运？我绝不允许那个国家伤害你。虽然不想看到战争爆发，但就算权贵们都灭亡了，也是他们自作自受。你已经尽力了。要是觉得所有的路都行不通，放下肩上的担子也不是坏事，没有人可以责备你。其实，你眼前就有一条轻松的路可走。"

查格姆似乎有些被说动了，他眨了眨眼睛。

就好像是蒙在心上的杂草被拔除一般，查格姆感觉到阳光照射进了心房，清风拂过了面颊。然而，他也有一种自己被扒光了似的寒冷和不安感。

究竟自己一路被什么囚禁着？就在迷迷糊糊思考着该怎么办的时候，以前没有看到的什么渐渐浮现出来。

查格姆看着巴尔萨，突然说道：“就算……走上这条路，也不会轻松。”

巴尔萨似在催促他继续说下去，扬起了眉毛。

查格姆似乎有些害羞，一皱眉，挤出了下面这些话：“因为，我背负的不是重担，而是……梦想。”

查格姆的眼中闪着泪光：“母亲、妹妹，这些人我都想救。哪怕多救一个人也好……我不想让新约格变成达鲁修的附属国。我不想输给拉乌鲁王子。我想让民众幸福。”

巴尔萨什么也没说，只是看着查格姆。

那个哭着喊道“不要回宫”的稚嫩孩子，已经不在了。

民众不幸，查格姆也会感到不幸。查格姆绝对不可能像自己这样，抱着“管它国家什么的呢”的想法。

查格姆只能走上峻峭的雪峰险路，也只有在这险路的尽头，方能看见查格姆发自心底的笑容。

“查格姆……”巴尔萨说道，“有个叫休戈的人有话让我转告你。想要听吗？”

查格姆猛地睁大了眼睛。

“你遇到休戈了？”说完，查格姆皱起了眉头。

“一个奇怪的人。明明是敌人……却恨不起来。”

巴尔萨轻轻笑了：“是啊，的确是个奇怪的男人。”

简单介绍了相遇的经过后，巴尔萨说道：“那个家伙想要转告你的是——与其考虑和罗塔结盟，不如先去坎巴。见到坎巴王之后，让他考虑和罗塔结盟，而不是和新约格结盟。”

查格姆一怔，就好像被闪电击中了一般。

“罗塔和坎巴结盟……”

查格姆的心跳急速加快。

巴尔萨看到，查格姆的脸上慢慢地充满了血色。

“原来如此……是这样……这样的话，坎巴王和罗塔王都会答应。而且，罗塔和坎巴联手可以形成一道坚固的屏障。拉乌鲁王子也就不会轻易攻打北部大陆了……”查格姆眼中闪着光芒，可话音刚落，他脸上却又立刻蒙上一层阴影，“可是，休戈为什么会说这些？”

“他说，要是哈扎鲁王子先攻下坎巴和罗塔的话，他的主君就当不了皇帝了。之后，他还说了一些关于附属国之类的话……”

巴尔萨将所有能回忆起来的和休戈的对话都说了出来。查格姆像是在探究话里话外的意思，表情认真地听着。

查格姆低着头沉思了一会儿，然后抬起了头：“就算……有什么内情，坎巴和罗塔结盟都是好事，这一点不容怀疑。不管能不能成，我想先试试。”

巴尔萨点点头：“伊翰殿下说了，如果坎巴王提议结盟的话，他是会接受的。”

查格姆一惊，反问道："伊翰殿下真的……"

巴尔萨噗地笑了出来："对于他来说，也不是坏事啊。而且……他好像被你那严肃认真的劲儿打动了呢。我看明白了，他嘴上说你是被国王疏远的年轻人，可心里头却想着怎么也要帮你呢。"

查格姆的眼泪夺眶而出。他想要用手胡乱抹去，不料伤口疼了起来，只得痛苦地皱起了眉。

"不要碰到伤口啊。"

听到这话，查格姆哧哧地笑了起来。巴尔萨折了些柴枝添到火里，平静地说道："坎巴下雪比这里更早，翻山要有足够的心理准备。另外，必须在前面的托鲁安备齐行装。我囊中羞涩，你得分点儿旅费给我呀。"

查格姆一本正经地看着巴尔萨："不……巴尔萨……"

巴尔萨打断了查格姆："我的行动我来决定。"

盯了一会儿，最终，查格姆还是把视线从巴尔萨身上移开，看向炉火。

看着火焰舔舐着柴火轻轻地舞动，查格姆的脑海里又重现起漫长旅途中的一幕又一幕场景。

他记得跳进大海，在黑暗的大海里游啊游，终于到达海岸的那个夜晚。好不容易拖着散架的身体，忍受着喉咙的干渴，从晒得发白的海滨一直走到村里的那个早晨。

他记得怎么也找不到前往罗塔的船的那些日子，是那么令人焦虑和绝望。终于到了罗塔，却又被南部大领主抓住，那时感受到的只有失望与沮丧。

还有，被伊翰殿下拒绝结盟后的那种无助感——努力把心虚和不安藏进心底，强打起精神鼓励自己一路走来，但一切都可能付诸东流……

然而，还可以前行。路，依然在前方延伸着。

一丝暖意在查格姆心底升起，慢慢地传遍了全身。

火苗摇曳着，看着烧得通红的柴火，查格姆小声说：“你……能带我去坎巴吗？”

巴尔萨也看着火焰，笑了：“嗯，带你去，我的故乡……听得见骨头从天上胡兀鹫嘴里掉下的声音，贫穷却漂亮的那个山谷。”

在这大雪纷飞的漆黑夜晚，炉火摇曳着，照耀、温暖着两个人的脸。

后记

自《精灵守护者》问世，至今正好是第十个年头。

没有想到，这个故事写了如此长的时间。恰逢十年之际，《天地守护者》中文版问世，心中不胜感慨。

在《苍路旅人》的后记中，我曾写道，在写“守护者”这个系列的时候，渐渐地巴尔萨和查格姆分成了两个故事。在写查格姆故事的过程中，总感觉倘若就此完结实在难以释怀，于是就有了后来故事的大体脉络。

故事一旦流于笔尖，它向哪里发展总需有个交代。

在《天地守护者》中，巴尔萨和查格姆这两个故事逐渐汇于一处，向着结局奔去。敬请读者关注二人的旅程，看他们究竟要走向何方。

2006年8月20日

于我孙子市

图书在版编目（CIP）数据

天地守护者．一／（日）上桥菜穗子著；林涛译
．—广州：新世纪出版社，2023.9
ISBN 978-7-5583-3900-4

Ⅰ．①天… Ⅱ．①上… ②林… Ⅲ．①长篇小说—日本—现代 Ⅳ．① I313.45

中国国家版本馆 CIP 数据核字（2023）第 104185 号

广东省版权局著作权合同登记号 图字：19-2023-150 号

Ten to Chi no Moribito Part 1
Text copyright © 2006 by Nahoko Uehashi
Illustrations copyright © 2006 by Makiko Futaki
First published in Japan in 2006 by KAISEI-SHA Publishing Co., Ltd., Tokyo
Simplified Chinese translation rights arranged with KAISEI-SHA Publishing Co., Ltd.
through Japan Foreign-Rights Centre/Bardon-Chinese Media Agency

出 版 人：陈少波
责任编辑：刘 璇
责任校对：李 丹
责任技编：王 维
装帧设计：易珂琳

天地守护者 一
TIANDI SHOUHU ZHE YI
［日］上桥菜穗子 著 林涛 译

出版发行：SPM 南方传媒 | 新世纪出版社（广州市越秀区大沙头四马路 12 号 2 号楼）
经销：全国新华书店
印刷：河北鹏润印刷有限公司
开本：700 mm × 980 mm 1/16
印张：15.75
字数：178 千
版次：2023 年 9 月第 1 版
印次：2023 年 9 月第 1 次印刷
定价：42.00 元

版权所有，侵权必究。
如发现图书质量问题，可联系调换。
质量监督电话：020-83797655 购书咨询电话：010-65541379